CB065208

Biblioteca teatral

Copyright © 2013 by José Sanchis Sinisterra
Copyright da edição brasileira © 2016 É Realizações
Título original: *Dramaturgia de textos narrativos*

Editor
Edson Manoel de Oliveira Filho

Produção editorial, capa e projeto gráfico
É Realizações Editora

Preparação de texto
Lizete Mercadante Machado

Revisão técnica
Márcio Honório de Godoy

Revisão
Francisco José M. Couto

Reservados todos os direitos desta obra. Proibida toda e qualquer reprodução desta edição por qualquer meio ou forma, seja ela eletrônica ou mecânica, fotocópia, gravação ou qualquer outro meio de reprodução, sem permissão expressa do editor.

CIP-Brasil. Catalogação na Fonte
Sindicato Nacional dos Editores de Livros, RJ

S624d

Sinisterra, José Sanchis, 1940-
Da literatura ao palco: dramaturgia de textos narrativos / José Sanchis Sinisterra ; tradução Antonio Fernando Borges. - 1. ed. - São Paulo : É Realizações, 2016.
160 p. ; 21 cm (Biblioteca teatral)

Tradução de: Dramaturgia de textos narrativos
ISBN 978-85-8033-227-8

1. Teatro espanhol (literatura) I. Borges, Antonio Fernando. II. Título. III. Série.

16-29614

CDD: 862
CDU: 821.134.2-2

06/01/2016   06/01/2016

É Realizações Editora, Livraria e Distribuidora Ltda.
Rua França Pinto, 498 · São Paulo SP · 04016-002
Caixa Postal: 45321 · 04010-970 · Telefax: (5511) 5572 5363
atendimento@erealizacoes.com.br · www.erealizacoes.com.br

Este livro foi impresso pela Rettec Artes Gráficas, em janeiro de 2016. Os tipos são da família Bembo Std. e Didot.
O papel do miolo é o off white norbrite 66g, e o da capa, cartão ningbo star 250g.

DA LITERATURA AO PALCO

DRAMATURGIA DE TEXTOS NARRATIVOS

José Sanchis Sinisterra

Tradução de Antonio Fernando Borges

É Realizações
Editora

Sumário

Nota prévia | 7

Introdução | 9

Sobre a própria escrita | 13

Amplitude da dramaturgia de textos narrativos | 17

Teatralizar a textualidade originária | 23

A função da análise | 27

História e discurso | 31

Dramaturgia fabular | 45

Dramaturgia discursiva | 75

Propriedades de idoneidade dos relatos,
com vistas à dramaturgia historial | 115

Dramaturgia mista | 125

Epílogo: Parâmetros da dramaturgia de textos narrativos | 147

Dramaturgias de textos narrativos realizadas pelo autor | 157

Nota prévia

O presente texto é a transcrição – feita pelo dramaturgo colombiano Victor Viviescas – da gravação de um seminário ministrado por José Sanchis Sinisterra em Villa de Leyva (Colômbia) em agosto de 1996, publicada na revista *Gestus* de Bogotá em abril de 1998 e posteriormente revisada pelo autor com vistas a esta edição.

Esta revisão alterou principalmente as repetições, omissões e imprecisões que toda exposição oral comporta, mas no essencial tentou se manter fiel ao discurso original. Algumas alusões ao romance *Crônica de Uma Morte Anunciada*, de Gabriel García Márquez, mantidas nesta edição, foram motivadas pelo trabalho coletivo realizado na segunda parte do Seminário – que não foi transcrita –, dedicada a uma aplicação prática da metodologia exposta à obra do escritor colombiano.

No final, à guisa de Apêndice, estão incluídas as referências bibliográficas das dramaturgias de textos narrativos realizadas e publicadas pelo autor.

Introdução

Durante cerca de dez anos, a maior parte de minha atividade como diretor e dramaturgo esteve concentrada na teatralização de textos narrativos destinados ao Teatro Fronterizo [Teatro Fronteiriço], que nasceu em 1977 como um projeto de pesquisa sobre (principalmente) as fronteiras entre narratividade e dramaticidade.

O que me interessava, acima de tudo, era explorar a enorme riqueza formal do romance, para questionar em sua complexidade o âmbito da dramaturgia. Existe no discurso épico uma instância narrativa exterior que apresenta os acontecimentos e os mostra ao público, mas, na medida em que o narrador se deixa penetrar por sua própria subjetividade, essa diferenciação entre o épico e o dramático começa a oscilar. É aqui que se abre um território híbrido, fronteiriço, que clama por ser investigado, para ampliar o horizonte da teatralidade. Como o teatro costuma fazer suas reflexões sempre a partir de si mesmo, as renovações dramatúrgicas têm a ver com questionamentos do teatro anterior e, em muitos casos, o teatro ignora (ou finge ignorar) o que está acontecendo em outros campos da literatura ou da arte – isso sem falar da ciência. Mas é evidente que existe um parentesco, uma vizinhança e uma espécie de fraternidade entre a literatura narrativa e o teatro. E, no entanto, pude constatar: apesar de tal proximidade ter sempre existido, o teatro contemporâneo estava descuidando das enormes mudanças que o romance já vinha experimentando desde o século XVIII, mas principalmente a partir do século XIX.

Comecei a tentar a teatralização de textos narrativos, não em busca daquilo que eu chamo de *domesticação* – transformar a substância peculiar de um relato em uma coisa semelhante às obras de teatro conhecidas –, mas procurando uma teatralidade diferente, desafiada e questionada pelo texto narrativo originário. De fato, este texto coloca alguns desafios que o teatro deveria resolver, tentando outras modalidades estruturais, outras modalidades discursivas ou, talvez, simplesmente mergulhando nas áreas mais progressistas que o teatro contemporâneo já vem investigando. Mas também havia, em minhas tentativas, uma motivação ainda mais subjetiva: eu percebia que a teatralidade tradicional inscrevia em minha escritura uma matriz dramatúrgica, certos padrões ou moldes interiorizados que condicionavam minha criatividade de uma forma quase inconsciente.

Embora eu sempre estivesse tentando questionar minha própria teatralidade, eu percebia que não conseguia me libertar de certos cânones inamovíveis: por exemplo, a noção de ação dramática, a noção de personagem e as noções de tempo e espaço eram como que redutos inquestionáveis da teatralidade que eu não conseguia transgredir em minha escritura. Então me propus o projeto de questionar em mim mesmo essas pautas, esses padrões e essas matrizes – através da teatralização de textos narrativos.

O primeiro foi *A Lenda do Gilgamesh*, a partir de um poema épico no sentido puro da palavra, uma epopeia babilônica criada dois mil anos antes de Cristo. Em seguida retornei ao teatro, com o conto de Brecht *O Círculo de Giz Caucasiano* (não a peça de teatro, mas o conto) e com sua peça didática *A Exceção e a Regra*. Com os dois textos, realizei a estranha manobra de dramatizar o conto e narrativizar a peça de teatro, para encontrar a maior variedade possível de transações entre o narrativo e o teatral. Esse trabalho desembocou na montagem de *Historias de Tiempos Revueltos* [Histórias de Tempos Revoltos]. Depois veio *La Noche de Molly Bloom* [A Noite de Molly Bloom], a partir do último capítulo do *Ulisses* de Joyce. Em cada uma dessas montagens – para não citar a totalidade das que realizei para o Teatro Fronteiriço – existia o objetivo de me questionar sobre determinados parâmetros dramatúrgicos. Por exemplo: em *A Noite de Molly Bloom*, o objeto de minha indagação foi justamente a noção de ação dramática, já que através do monólogo interior da protagonista não se está contando propriamente nenhuma história – no sentido de que não acontece nada em cena. Eu me perguntava: será possível gerar alguma teatralidade consistente sem que haja argumento, sem que haja uma trama, sem que haja um conflito e sem que haja clímax, simplesmente com uma mulher deixando fluir seus pensamentos de forma incoerente?

Ao longo deste trabalho, irei comentando as diferentes coisas que aprendi nesse processo, com cada um dos textos que citei e com os que se seguiram a eles. Foi um processo, admito, extraordinariamente útil para mim neste objetivo de descondicionamento das matrizes e dos parâmetros da teatralidade aceita convencionalmente – o que me deu uma grande liberdade na hora de organizar meu próprio discurso dramático.

Pois bem: em todo este trabalho, e já desde a origem, havia duas linhas de pesquisa. Uma delas tinha a ver com as relações entre o relato escrito e a narrativa oral. Este seria o primeiro âmbito de pesquisa: a relação entre as práticas secular e universal do narrador oral – do jogral, do contador de histórias, do *fabulatore* italiano ou do rapsodo grego, dos narradores tradicionais de toda a América ou da cultura norte-africana – e o relato escrito, com vistas à sua teatralização. O outro âmbito de pesquisa é aquele que acabei chamando de *dissociação contextual* entre **história** e **discurso**, a partir da grande contribuição do estruturalismo francês e do estruturalismo tcheco, mas também do formalismo russo: a diferenciação que eles estabelecem entre história e discurso, que se revela uma ferramenta fundamental no trabalho da dramatização dos relatos.

Sobre a própria escrita

Escrever não é um ato livre – já sabemos disso –, na medida em que pressupõe não apenas submeter-se a essa terrível coação da linguagem, a suas formas significantes preestabelecidas, a essa voz comum e coletiva que habitamos para fazer com que nosso discurso seja ouvido, mas também nos submetermos a uma série de pautas, preceitos e normas que são o que poderíamos chamar de tradição – em nosso caso, tradição dramatúrgica.

Não escrevemos a partir do nada, não escrevemos a partir da inocência, não escrevemos a partir da ingenuidade: escrevemos a partir de uma teatralidade inscrita em nossa experiência. Por conta disso, quando achamos que estamos trabalhando – escrevendo – a partir da liberdade, na verdade estamos submetidos a padrões, pautas e matrizes de *teatralidade* que trazemos inscritas em nós. Por conta disso, para mim, a pedagogia da escrita dramática tem como primeiro requisito a conquista da liberdade – essa espécie de desconstrução das pautas da teatralidade que poderíamos chamar de imanente, da chamada teatralidade implícita, da teatralidade que inevitavelmente nos habita.

Mas, para atingir essa liberdade, às vezes é necessário atravessar um caminho penoso de submissão a normas, ordens e pautas provenientes de outras esferas – no meu caso, da narratologia, da linguística pragmática, da linguística sistêmica, da teoria do caos, etc. Em um processo como o que nos ocupa – de dramaturgia de textos narrativos –, a liberdade se vê submetida a um grave problema de limitação, pois se trata, em princípio, de partir de um texto já existente, de uma estrutura discursiva que tem sua própria consistência, suas próprias leis e sua própria idiossincrasia e que, além do mais, é habitada pela voz de uma subjetividade diferente da nossa.

Diferentemente do processo normal de dramaturgia de autor, em que nosso trabalho parte do nosso próprio imaginário, na dramaturgia de textos narrativos a primeira fonte do produto dramático, o fragmento de realidade que queremos explorar, a sensação a que queremos dar forma, não nos pertencem: pertencem a outro, são do autor do texto-fonte. Por conta disso, nossa escrita se verá limitada não só por uma subjetividade alheia, mas, além disso, por determinadas maneiras, formas e opções estéticas que já estão predeterminadas pelo texto original.

Nesta situação, encontramo-nos de novo com o paradoxo de toda criação: a noção de alteridade. É que a escrita é habitada pelo paradoxo de que a subjetividade se encontra em permanente diálogo com a alteridade. A subjetividade e a alteridade se entrelaçam em processos tanto mais ricos quanto mais se assume, justamente, a alteridade da escrita. Escrever não é tanto chegar à "essência" profunda de si mesmo, mas talvez encontrar o outro que existe dentro de cada um de nós – encontrar os outros que existem dentro de nós. O pensamento contemporâneo nos revelou que o *eu* é uma pura ilusão, que a pessoa é uma construção sociocultural e que, definitivamente *"eu somos muitos"*. No interior de cada um de nós, existe uma tribo em que predomina a lei da alteridade. Escrever teatro nos permite multiplicar essa voz individual, dispersar a subjetividade nas vozes, nos corpos e nas substâncias de diversos personagens que, aparentemente, nada têm a ver conosco, mas que, de uma forma ou de outra, fazem parte dessa tribo interior que nos habita e nos atravessa.

De maneira que, para seu autor, um texto dramático começa a ter realidade quando sentimos que os personagens falam com voz própria, que os personagens dizem coisas que não compreendemos e que nos surpreendem. Abrimos uma espécie de caixa de Pandora que todos trazemos dentro de nós, e então aparece ali uma estranha coletividade, certos *outros* que existem ali, naquilo que se chama nosso interior, e eles se constituem nos personagens da obra dramática. Ou seja: embora eu tenha dito no início que a dramaturgia de textos narrativos reduz a subjetividade no momento da escolha do tema ou do germe do projeto para nos confrontarmos com a alteridade de uma obra já criada, na verdade, no fundo, não se trata de um processo tão diferente daquele que ocorre na chamada criação livre, na chamada criação original – pois até na criação original, livre e individual de um texto existe esse diálogo, essa tensão entre o mesmo e o outro, entre o próprio e o alheio, entre o individual e o coletivo.

Amplitude da dramaturgia de textos narrativos

Para o autor teatral, a dramaturgia de textos narrativos oferece uma grande amplitude em duas dimensões: em relação ao aspecto temporal ou histórico e em relação ao aspecto propriamente formal. Podemos falar de amplitude histórica porque, como sabemos, o teatro desde sempre se nutriu da dramatização de textos narrativos. Não se trata de um fenômeno recente, e também não é um sintoma de uma crise de criatividade ou de desorientação da escrita dramática contemporânea – trata-se de uma prática constante na história do teatro. E, como eu dizia, não há apenas amplitude histórica, mas também uma amplitude formal ou, se preferirmos, amplitude modal, pois a relação entre relatos e obras dramáticas apresenta uma gama enorme de modalidades.

AMPLITUDE HISTÓRICA

O teatro sempre utilizou materiais de origem narrativa para a constituição de seus textos. Já na própria origem do teatro ocidental, que costumamos situar na Grécia clássica e pré-clássica, os textos dramáticos eram, fundamentalmente, adaptações de relatos de transmissão oral: os mitos, que depois foram configurados de acordo com as pautas próprias do sistema representacional grego, distribuindo a ação dos personagens, centrando todo o processo da fábula num momento concreto de seu desenvolvimento e, naturalmente, permitindo desdobrar, diante da relativa uniformidade do discurso épico (que até aquele momento tinha transmitido os mitos), a polifonia dos temas míticos, mediante a presença corpórea dos diferentes personagens. A voz e o discurso, a razão e os motivos de cada um dos personagens dos mitos gregos, podiam ser particularizados no espaço e no tempo da representação, e com isso se possibilitava essa polifonia que muitas vezes o modo épico (o modo narrativo) atenuava, na medida em que a voz do rapsodo se encarregava, de um ponto de vista genérico, dos acontecimentos evocados.

Costumo introduzir este assunto com uma olhada rápida sobre a história do teatro ocidental, para insistir nesta ligação permanente da literatura dramática com a literatura narrativa. Pois, assim como podemos dizer que a tragédia grega nasce como uma forma de dramatização e adaptação à teatralidade dos relatos míticos, também devemos dizer que a mesma coisa acontece com uma boa parte do teatro europeu medieval, que é apenas a dramatização de textos bíblicos, do Antigo ou do Novo Testamento. Como já se sabe, a Bíblia tem sido uma fonte narrativa permanente e extraordinária da literatura dramática ocidental.

Tive a oportunidade de trabalhar em uma versão de *Los Cabellos de Absalón* [Os Cabelos de Absalão], de Calderón de la Barca. Confrontando os motivos dramáticos da obra com as passagens da Bíblia de onde Calderón tinha extraído a ação dramática, deparei-me inclusive com traços de caracterização dos personagens. Algumas frases concretas foram retomadas por Calderón, elaboradas em versos, é claro – mas procediam diretamente do texto bíblico. Não se trata apenas, portanto, de uma inspiração por parte de Calderón na história dos últimos anos da vida do rei Davi: o próprio discurso narrativo bíblico tinha estado presente no processo de elaboração dramatúrgica. Em tais trechos, tinha-se produzido uma transposição quase literal do relato para o drama.

Provavelmente, Shakespeare deve ter procedido de forma parecida em todo o seu teatro histórico, em relação às crônicas de Holinshead. Também se pode ver perfeitamente que ele está usando certos capítulos da crônica para lhes dar forma dramática. Os *novellieri* – os narradores de histórias escritas do Renascimento italiano – também foram provedores de histórias, fábulas, tramas e argumentos para boa parte do teatro europeu renascentista e barroco. O próprio Shakespeare, como se sabe, inspirou-se nos romances de Bandello e de outros narradores italianos para muitas de suas histórias ou para parte delas. Mas também o próprio teatro italiano, o teatro espanhol, o francês e o alemão piratearam sem nenhuma inibição toda essa matéria narrativa, que por sua vez era proveniente, em muitos casos, da tradição oral.

Espero que estes exemplos sirvam como afirmação desta amplitude histórica da dramatização de textos narrativos, que pressupõe uma constante da literatura dramática – e que, além disso, é um fenômeno que nunca foi interpretado como crise de criatividade ou de imaginação. Eu diria que se trata mais de uma familiaridade e de uma fraternidade espontânea entre o narrativo e o dramático, na medida em que o dramático – o teatro – foi considerado até épocas bem recentes como uma forma de contar. Mas veremos que, a partir do final do século XIX, o teatro começa a mudar algumas de suas funções estéticas e, entre outras coisas, atreve-se a deixar de contar.

De fato, uma das características do teatro contemporâneo é, justamente, a relativa abdicação de sua função narrativa. Há grande quantidade de textos contemporâneos que não contam nenhuma história, que renunciaram à tarefa de narrar. Não é difícil verificar uma corrente importante do teatro contemporâneo que não se preocupa em narrar uma fábula. Nela, a história que as peças contam é praticamente irrelevante. Muitos textos de [Samuel] Beckett, [Harold] Pinter, [Peter] Handke e [Heiner] Muller, e até algumas das peças de Tchékhov, que aparentemente têm uma fábula completa, quase não contam nada. Quase não contam, no sentido que se costuma dar à função narrativa: a de limitar-se a mostrar um encadeamento de acontecimentos e de fatos.

AMPLITUDE MODAL

A transposição de relatos para obras dramáticas apresenta uma gama enorme de modalidades: desde a simples utilização de um texto narrativo como desencadeador de uma nova obra – em que poderíamos considerar que o novo autor acrescentou quase a totalidade do texto produzido – até o outro extremo, que abrangeria adaptações fidelíssimas ao original, nas quais o dramaturgo ou o adaptador procuram respeitar ao máximo os componentes do relato original. Entre os dois extremos – a assimilação do relato como inspiração vaga, como desencadeador, e a intenção de transportar o material narrativo com a máxima fidelidade para a cena – estende-se uma gama bastante ampla de variantes.

Convém insistirmos no fato de que se trata de um fenômeno normal, na medida em que, a partir de certo ponto, os próprios relatos escritos já não são estritamente obra de um autor, mas passam a ser patrimônio de uma determinada comunidade – patrimônio da humanidade inteira. Portanto, todo criador se sente legitimado para utilizar os temas – os textos – que estão ali, em sua cultura, em sua tradição. E também pelo fato de que o escritor sempre parte de alguma coisa. Até o artista romântico mais subjetivista – e supostamente mais original – traz inscritos em si relatos alheios. Para mim, não existe muita diferença, pelo menos do ponto de vista conceitual, entre adaptar um conto de Edgar Allan Poe e pegar uma notícia de jornal e transformá-la na matriz de um texto dramático, porque tudo isso, de alguma forma, pertence ao acervo experiencial do autor. Todos nós recebemos relatos, todos nós estamos de alguma forma atravessados por relatos alheios.

Consequentemente, podemos apontar como critério orientador, na ampla gama de modalidades da relação de que estamos tratando, o grau de fidelidade ou liberdade do texto dramático em relação ao texto narrativo original. Confesso que o que costuma me interessar, quando trabalho essa modalidade de escrita dramática, é a forma que estaria mais próxima à fidelidade do que à liberdade. O tipo de trabalho que proponho é uma intervenção dramatúrgica que procura ser a mais fiel possível em relação ao relato original. Isso não quer dizer que eu não considere perfeitamente legítimas outras possibilidades em que o relato original seja simplesmente um núcleo que se bifurca numa estrutura dramatúrgica absolutamente original, inclusive com uma perspectiva radicalmente diferente. No teatro, tudo é possível... desde que seus resultados sejam bons. Uma lei muito estúpida, mas é assim mesmo.

Teatralizar a textualidade originária

O trabalho que estou propondo tem a ver com aquilo que eu chamo de *teatralização da textualidade originária*. A textualidade – a substância textual de um relato – possui uma teatralidade potencial em maior ou menor grau. Existem textos que, quando os lemos, percebemos em seu discurso uma tamanha teatralidade que despertam em nós o desejo de vê-los num palco, como se latejasse neles uma estranha *quadridimensionalidade*. Sua leitura gera uma configuração espaciotemporal e as cenas teatrais começam a ser produzidas na mente, até o ponto de chegarem a se concretizar situações que caberiam perfeitamente num palco, que poderiam ser reescritas de acordo com as leis não escritas da teatralidade. Em compensação, existem outros textos – sem dúvida igualmente excelentes – que se concretizam de outra forma em nossa mente de leitores: como filmes, por exemplo; ou como sugestões oníricas; como matéria de uma concreção plástica ou musical; ou mesmo como substância propriamente literária.

Dentro da gama de efeitos receptivos que a leitura produz, existem alguns textos ou autores que possuem uma teatralidade evidente. Entre eles se destacam, de forma privilegiada, Franz Kafka e sua obra – razão pela qual iremos citá-lo frequentemente. Não quando o li ainda jovem, mas quando o reli a partir dos 30 anos, Franz Kafka despertava em mim a necessidade de levá-lo ao teatro. Depois me dei conta de que eu não era o único que experimentava esse desejo. Com Kafka, ocorre o fato de que, embora ele praticamente não tenha escrito para o teatro, embora seja um autor essencialmente narrativo, desperta a vontade de teatralizar seus textos, de uma forma que eu chamaria de compulsiva. Desde os anos imediatamente seguintes à sua morte, e de uma forma mais frequente depois da Segunda Guerra Mundial, praticamente toda a escrita kafkiana foi levada ao teatro. Evidentemente, existe em sua escrita narrativa uma espécie de *teatralidade latente*: uma *sensorialidade* e uma *quadridimensionalidade* das situações que nos obrigam a representá-las no espaço da cena teatral. Uma teatralidade implícita que foi objeto de um longo estudo meu na época em que escrevi as dramatizações de vários textos curtos e, para o Teatro Fronteiriço, o texto de *El Gran Teatro Natural de Oklahoma* [O Grande Teatro Natural de Oklahoma].

Existem outros autores com quem acontece a mesma coisa. Por exemplo: a escrita de Herman Melville em *Moby Dick* adquire, de repente, uma forma propriamente dramática. *Moby Dick* começa com uma narração típica de "romance de formação": Ismael conta seu mergulho na vida através da viagem no barco baleeiro comandado pelo capitão Ahab. À medida que o romance avança, começamos a perder o ponto de vista narrativo de Ismael, que é quem nos conta sua história, e de repente começam a aparecer monólogos interiores do capitão Ahab, ou de Starbuck – coisa que seria incorreta do ponto de vista da lógica narrativa. E não é só isso: a partir de determinado momento, aparece até a forma dramática: uma rubrica entre parênteses, o nome de um personagem antecedendo seu monólogo, etc. Como se a teatralidade fosse sendo inventada a partir do próprio discurso narrativo de Melville, eclipsando o ponto de vista de Ismael.

Por algumas razões ou por outras, às vezes por circunstâncias autobiográficas, em outros casos porque a relação do escritor com a linguagem tem uma sensorialidade e uma plasticidade plenas, a teatralidade mora no interior de muitos textos. Captar de forma imediata essa teatralidade implícita de um texto narrativo não pode ser tarefa de uma oficina. A teatralidade é uma coisa praticamente indefinível, já que não se trata de um conceito absoluto, mas historicamente relativo – e até, poderíamos dizer, relativo em termos individuais. Nos limites desse princípio de realidade, o que podemos dizer é que existe uma certa possibilidade de sistematização dos fatores em que a teatralidade de um determinado texto se fundamenta mediante o uso da ferramenta da análise. Ou seja: o que estou propondo é utilizar ferramentas analíticas para tentar elucidar a textualidade dos relatos como forma de indagar sobre a teatralidade que essa textualidade contém.

A função da análise

Existe a opção de nos basearmos na narratologia – a "ciência" que estuda a textura, a contextura e a técnica narrativa dos relatos, e que permite que se pergunte *como* esses textos estão construídos, como eles funcionam, que recursos empregam e por que produzem determinados efeitos receptivos, e não outros. Minha proposta dramatúrgica com os relatos – reconheço este grave inconveniente – requer certos conhecimentos de narratologia, pelo menos a vontade de adquiri-los, ou ao menos a inclinação para tentar um olhar analítico sobre tais textos. O trabalho que estou propondo é um convite a não permanecermos com a simples impressão de leitor "ingênuo" – que se sente fascinado e estimulado por um texto – e sim submetermos nossa própria fascinação a um processo crítico, para vermos *como* o texto narrativo produz uma experiência que nos parece importante, significativa, e até vital... e que provoca em nós o desejo de levá-lo para o palco. Ou seja: de compartilhá-lo coletivamente.

Quero insistir no fato de que a tarefa de dramatização de um texto narrativo requer uma fase prévia de análise. Essa fase da análise pode ser menos ou mais sistemática, menos ou mais rigorosa, menos ou mais submetida a uma técnica crítica das várias correntes de narratologia conhecidas nos meios acadêmicos – mas é imprescindível que ela exista. Ela pode ser impulsionada por uma percepção puramente intuitiva dos próprios textos. Pode ser fruto de uma determinada sensação que suscite e dirija a análise.

Mas, em todos os casos, deve nos permitir articular nossas sensações e conduzi-las a uma compreensão do funcionamento da textualidade que tanto nos desafia. Não estou defendendo um tipo de análise fria e distanciada, que elimine o componente libidinal da relação entre nós – os leitores – e o texto. Absolutamente: algumas das adaptações que fiz só foram realizadas porque determinado texto produz em mim uma imagem ou uma sensação que me perturba, e então trato de submetê-la à confrontação com uma determinada metodologia analítica, mas procurando fazer com que essa imagem não seja destruída – nem seja destruída essa sensação que o desejo de teatralizar o texto provocou em mim. Portanto, quando falo da fase analítica, não estou me referindo a uma tarefa que anule os componentes intuitivos, libidinais, irracionais (e até diria: mágicos) que a leitura de um texto nos produz. Pelo contrário: acho que devemos preservar essa sensação, essa impressão – esse *prazer do texto*, de que falava Roland Barthes –, e perguntar *como* o texto produz prazer em nós, *por que* produz prazer em nós. Quer dizer: *como funciona a textualidade*.

Em todo caso, porém, minha proposta de trabalho consiste em não começar a configurar nada antes que tenha havido um questionamento a respeito do funcionamento do texto que será objeto de teatralização, de sua especificidade como texto narrativo, que possa se constituir numa base analítica voltada para se entrelaçar com a intuição. Em minha experiência particular, uma proposta de dramatização de um texto narrativo surge, em primeiro lugar, dessa impressão de teatralidade imanente no texto e, depois, da percepção de uma determinada anomalia narrativa, de uma peculiaridade que parece violentar alguma das leis ou regras do relato – e que é o que faz com que esse texto produza determinados sentimentos de estranhamento. Um dos exemplos que costumo apresentar nesse tipo de trabalho de oficina é um texto curto de Kafka – "Advogados" – para o qual, originalmente, pensei no monólogo como veículo de dramatização. Mas depois me dei conta de que havia algumas anomalias no discurso – usos da pessoa narrativa, bifurcação dos tempos verbais, duplicidades e ressonâncias espaciais – que me levaram a modificar minha primeira opção, com o objetivo de traduzi-las em termos dramáticos ou cênicos.

História e discurso

A partir das pesquisas já citadas, dos formalistas e estruturalistas, sabe-se que todo texto é constituído por dois níveis: *história* e *discurso*. Dois níveis indissociavelmente unidos, que só podem ser dissociados de forma conceitual – e portanto artificial. A *história* consiste na cadeia de acontecimentos que afetam determinados personagens, em circunstâncias espaciotemporais concretas e de acordo com determinado princípio de causalidade. Todos os acontecimentos que um relato abarca, seja qual for a maneira como são evocados, constituiriam aquilo que os estruturalistas chamam de história. O discurso seria, justamente, a maneira como esse relato concreto – esse texto concreto – apresenta a história ao leitor. Isso depende, de maneira privilegiada, de recursos como a presença ou ausência de narrador e sua condição de estar ou não personalizado no relato, do ponto de vista, da distância ou escala narrativa, das modalidades discursivas, da ordem temporal dos acontecimentos (que pode coincidir ou não com a ordem da história), etc.

Existem textos nos quais essa diferença entre história e discurso tem elementos mais evidentes – e isso vai depender da presença ou ausência de narrador personalizado e da sequência temporal, entre outros fatores. Porque, de fato, um relato pode nos apresentar os acontecimentos na linha do tempo, tal qual eles ocorreram: a percepção temporal comum a todos nós. Ou pode, como a narrativa já fez em todas as épocas, alterar a ordem de apresentação dos acontecimentos e começar a mostrar a história na metade da ação presente, ou a partir do final, ou nos falar primeiro sobre os antecedentes e depois avançar para o futuro...

Portanto há toda uma série de recursos que convergem na escrita de um texto e constituem uma lei do discurso, que é, justamente, aquilo que produz a especificidade de uma obra narrativa. Uma mesma história pode dar lugar a uma infinidade de textos narrativos. É exatamente na organização que o autor faz desses recursos narrativos no plano do discurso que se produz o caráter único de cada texto. E é dali – dessa especificidade textual – que provém o efeito específico de recepção do leitor.

Em todo caso, as duas vertentes que estou propondo explorar como possíveis metodologias na transposição de relatos para obras teatrais são: de um lado, a relação entre relato escrito e narração oral; e, de outro, a articulação de história e discurso que o estruturalismo nos oferece. Os dois enfoques, como veremos, abrem para nós uma operatividade muito produtiva nesta modalidade de escrita dramática que é a dramaturgia de textos narrativos, permitindo-nos elaborar textos propriamente "historiais" (baseados na primazia da história ou "fábula"), ou então textos organizados a partir do discurso, ou ainda um tipo de textualidade que chamo de mista, porque integra especificidades das duas anteriores.

PRIMEIRO ÂMBITO DE EXPLORAÇÃO:
DA EPICIDADE PURA À DRAMATICIDADE PLENA

Antes de abordar o tema das articulações entre história e discurso, quero me referir ao primeiro campo de pesquisa apontado (a relação entre relato escrito e narração oral), porque acho que se trata de um procedimento de dramatização dos relatos utilizado com muita frequência, mas nem sempre explorando todas as possibilidades que oferece.

A origem da narrativa na cultura humana parte de um fato extremamente simples, que é o de alguém que conta para outros uma experiência vivida – seja uma experiência pessoal, uma experiência coletiva, uma crença mítica ou um sonho. Essa atividade de narrar oralmente a outros uma experiência própria ou assimilada pelo narrador constitui a origem de toda literatura narrativa – e não apenas dela, mas também daquilo que conhecemos como teatro. Ela é, sem dúvida, uma das raízes da arte dramática. Geralmente se afirma que o teatro nasce do rito (da cerimônia) e da festa (que é, de certa maneira, uma forma de cerimônia, uma forma de celebração com componentes lúdicos). Mas as pessoas costumam esquecer que a terceira raiz da teatralidade – junto com o rito e a festa – é o relato oral.

Os narradores orais utilizam uma série de recursos que são típicos do teatro: não apenas a palavra, mas a entonação da voz, os mil poderes evocativos da voz humana, a gestualidade facial, que transmite uma parte do conteúdo emocional da história, a gestualidade manual, a gestualidade corporal, o movimento, a composição no espaço... E isso é feito não apenas a serviço do desenho dos personagens, de seus estados de espírito, mas também da produção de efeitos especiais e de ênfase em determinados conteúdos da história narrada. Estou falando de toda a gama variadíssima de profissionais da narração que existiram em todas as épocas e em todas as culturas: criadores ou transmissores de ficções de todos os tipos, que exercem seu ofício em seu entorno mais imediato.

Na linguagem (código ou arte) desses narradores, ocorre também a utilização de objetos que chegam a ter um caráter propriamente cênico: um mesmo objeto vai se transformando em suas mãos para fazer alusão, de maneira literal ou metafórica, aos conteúdos do relato. Podem empregar também elementos de vestuário e até recursos cenográficos simples. De maneira que, na atividade do narrador — inclusive do narrador mais austero —, podemos perceber em seu gestual, no movimento de suas mãos, na forma como movimenta as dobras de sua roupa, na maneira como interpela e olha (ou não olha) para os espectadores... a constituição de um ambiente representacional.

De fato, existe uma gama extremamente vasta de modalidades de narradores, como Brecht aponta em seus escritos teóricos, indicando que mesmo os charlatães e os vendedores ambulantes são, de certo modo, protótipos do ator épico. O narrador que conta um relato oral está também, de alguma maneira, constituindo-se em precursor e modelo do teatro épico, com toda a sua complexidade. Brecht fala também sobre os narradores populares, os jograis e os feirantes, como precursores do tipo de teatralidade que ele explorou. De fato, na esteira da revolução cênica suscitada por Brecht, surgiram homens de teatro, profissionais formados no ofício de ator, que procuraram recuperar essa tradição e transformá-la em ferramenta para um teatro direto, comunicativo, imediato, submetido evidentemente à órbita brechtiana e, ao mesmo tempo, aparentado das artes jogralescas. Dario Fo seria o exemplo mais ilustre.

Trabalhando a partir da atividade do narrador oral, podemos estabelecer uma espécie de gradação entre o que chamaríamos de *epicidade "pura"* e *dramaticidade "plena"*, onde caberia diferenciar três instâncias ou níveis.

PRIMEIRO GRAU: EPICIDADE PURA

Vamos considerar um primeiro grau em que o ator recita um texto narrativo, com um mínimo de códigos de gestualidade ou de sinalização espacial, utilizando talvez algum objeto que sirva de algum modo como metáfora, como metonímia ou como sinédoque dos elementos configuradores da história, para torná-los presentes no momento da comunicação. Deparamo-nos aqui com um texto que é "dito", narrado, diretamente para o público por um único ator.

Podemos determinar, a partir do texto escrito, como esse ator irá se vestir, qual é sua aparência, quais objetos carrega consigo, como ele se relaciona com os espectadores, que atividade física realiza. Podemos escrever uma partitura de ações sem modificar em nada o texto narrativo que vai ser transmitido pelo ator-rapsodo. Mas aí já pode aparecer uma complexidade interessante. Naturalmente, existem relatos que são mais propícios à transmissão oral do que outros. Mas trata-se de um interessante exercício de dramaturgia e de encenação encontrar, dentro dessa teatralidade mínima, dentro dessa epicidade pura, alguns códigos que sejam suficientemente consistentes para que até mesmo um texto narrativo complexo possa ser transformado em uma ação cênica desse tipo, com uma conveniente organização dramatúrgica das ações, do comportamento, do ator-narrador e dos elementos que utiliza para apoiar seu relato.

Mesmo nesse tipo de teatralidade tão "primária" – na medida em que é próxima do épico – aparece também a necessidade de fazer uma análise do relato para se identificar quais são os códigos de teatralidade épica que potencializariam os conteúdos ou o estilo do texto. É fundamental realizar uma leitura crítica que nos permita descobrir quais são os conteúdos arquetípicos do relato, quais são os personagens que intervêm nele e quais são suas hierarquias, e qual é o modelo espacial que organiza os âmbitos em que o relato transcorre – apenas para citar alguns dos componentes do texto.

Ou seja: mesmo nesta modalidade que chamamos aqui de *epicidade pura*, em que um único ator (mais próximo de nosso tradicional narrador do que do ator convencional) deve transmitir verbalmente o conteúdo do relato, recorrendo a elementos expressivos mínimos, mesmo, portanto, nesta modalidade de apropriação oral do relato, faz-se necessária a existência de uma análise prévia que oriente o trabalho do intérprete. Na ausência dessa análise, o ator--narrador ou o dramaturgo podem se ver levados a inventar ações ilustrativas de fragmentos especiais do texto, selecionados de maneira arbitrária, que acabem afogando a poeticidade do texto sob uma teatralidade meramente acumulativa – e, consequentemente, eclipsando seu significado profundo.

SEGUNDO GRAU: NARRADORES MÚLTIPLOS

No primeiro grau, dentro da interpretação oral dos relatos, teríamos um modo de teatralização em que o narrador interpela o público de maneira direta: este modo de teatralidade implica a abolição da quarta parede. Mesmo quando se trata de um relato na primeira pessoa, em que o narrador assume a condição de personagem, o destinatário está presente e configurado no – e pelo – público, não existindo portanto a quarta parede. Definitivamente, um dos componentes da teatralidade épica, quer dizer, da epicidade (seja no caso do narrador ou do ator no teatro épico), é o fato de que incorpora a presença do público e dirige a ele sua interpreção, sua construção de um mundo imaginário. Teríamos um segundo grau quando, em vez de um só narrador, trabalhamos com dois ou mais narradores em cena, encarregando-se da transmissão do relato. Aqui, já começa a aparecer uma polifonia da voz narrativa, que vai nos aproximando da dramaticidade.

Tal polifonia pode ser difusa ou bem concreta: às vezes, o relato comporta personagens, com intervenções dialogadas menos ou mais frequentes, e então um determinado ator pode assumir a corporeidade e a voz deste ou daquele personagem que se expressa no texto, apenas durante o tempo em que o relato lhe concede a palavra, e depois o ator volta a ser narrador. Ou então um ator mantém sempre a função narrativa e o outro (ou os outros) vai (ou vão) encarnando, com o corpo e com a voz, com os gestos e com a palavra, os momentos dialogados do relato ou as ações físicas que ele evoca. Aqui nos deparamos com uma gama também muito variada quanto à manutenção ou não da identidade narrativa dos narradores. Por exemplo: um ator que encarna um determinado personagem, num momento, pode fazer isso simplesmente modificando sua voz e seu comportamento físico; pode fazer isso utilizando um elemento de vestuário que modifique sua aparência; ou através de outros recursos. Esse narrador, como falei, pode materializar o personagem apenas no instante em que o relato propõe isso e depois dissolver sua identidade de personagem e voltar à sua função narrativa; ou pode sustentar a representação desse personagem ao longo do resto da narração. Temos também uma gama variada de possibilidades. Há inclusive a possibilidade de que um mesmo personagem do relato seja encarnado por diversos narradores. Tal personagem aparece então como um ente poliédrico, e o espectador percebe suas diferentes facetas, conforme seja interpretado pelos diferentes narradores. Essa multidimensionalidade do personagem provoca uma certa superação do terreno estritamente épico, para nos fazer adentrar na complexidade dramática do personagem teatral.

Poderíamos dizer que essa modalidade narrativa já contém pequenas estruturas de encenação, na medida em que os narradores podem utilizar também alguns elementos cênicos elementares. Por conta disso, de uma perspectiva dramatúrgica, seria necessário determinar alguns componentes mínimos da encenação que figurariam no plano didascálico, mesmo conservando integralmente o texto do relato. Seriam as chamadas rubricas e a distribuição dos diferentes enunciados do relato entre os diferentes narradores, os quais iriam multiplicando a teatralidade do relato originário. Nesse caso, ainda teríamos o público como presente e destinatário da narração, mas já poderíamos falar de uma narração-dramatização — porque, de fato, já haveria sequências que seriam fundamentalmente dramáticas. Mais ainda, aproveitando a pluralidade de narradores, num momento determinado eles podem desaparecer enquanto tais e começar a encarnar os personagens do relato, constituindo uma situação completamente teatral.

TERCEIRO GRAU: NARRAÇÃO DENTRO DA QUARTA PAREDE

Vamos imaginar agora a teatralização de um texto narrativo em que os personagens relatam a história e a dramatizam, com toda essa complexidade de que estamos falando: o ator, alternadamente, encarna uma instância narrativa ou encarna um personagem; a ação física é a do personagem em situação, ao passo que sua palavra é uma palavra narrativa na terceira ou na segunda pessoa, etc., mas na qual, em vez de narrar para o público, os atores-narradores narram a história entre si.

Simplesmente com essa pequena operação dramatúrgica — que consiste em instaurar a quarta parede e fazer com que um personagem narre para outro(s) — já nos colocamos na vertente da dramaticidade. O discurso continua sendo narrativo, a função do ator continua sendo narrativa, mas o fato de excluir os espectadores e de criar por isso uma situação de interação dramática já nos coloca evidentemente em outra dimensão. Uma dimensão que estaria, repito, mais próxima da dramaticidade do que da mera epicidade. Porque nesse caso, evidentemente, para sermos rigorosos, seria necessário inventar um limite, um contexto dramático, que justificasse que esses personagens estivessem contando uma história entre si: quem são esses personagens? Onde estão? Por que estão contando essa história uns aos outros, por que a estão dramatizando, brincando com ela, mimando-a, evocando-a com instrumentos musicais, sons, objetos, etc.?

Essa relação entre epicidade pura e dramaticidade é um terreno bem interessante para se pesquisar. Pode-se trabalhar com material bem simples ou muito complexo, com relatos contemporâneos ou com contos populares tradicionais nos quais encontremos um núcleo de significação potente, uma capacidade metafórica interessante. Seja qual for o caso, através desse tipo de teatralidade podemos constituir um âmbito dramatúrgico espantosamente complexo e rico, uma teatralidade *fronteiriça* que ainda está, praticamente, por ser explorada.

SEGUNDO ÂMBITO DE EXPLORAÇÃO:
DISSOCIAÇÃO ENTRE HISTÓRIA E DISCURSO

O segundo âmbito desta exploração dramatúrgica seria aquele constituído a partir do momento em que se assume a dissociação que os estruturalistas estabelecem em todo texto – a dissociação entre história e discurso. A utilização de textos narrativos pelo teatro, desde sua origem, baseia-se fundamentalmente naquilo que eu chamaria de *dramatização da fábula*. Aquilo que antes os gregos fizeram, e agora nossos adaptadores contemporâneos estão fazendo, é pegar o nível da fábula – a sequência de acontecimentos, os personagens, suas ações, os lugares da ação e as sequências temporais – e traduzi-lo para os códigos próprios da teatralidade vigente. Assim, poderíamos dizer que a dramatização tradicional e convencional de textos narrativos tem sido uma dramatização que eu chamo de *fabular*, na medida em que se fundamenta na fábula, quer dizer, na estrutura argumental, e sua tarefa consiste em transportar os episódios que a integram para o modelo dramatúrgico estabelecido.

Mas, se estamos de acordo em que a fábula é apenas um dos componentes do texto, a consideração do outro componente do relato – o discurso –, que outorga a ele sua natureza peculiar, que determina a forma como o recebemos e por que se produzem os efeitos que o leitor percebe, etc., deveria provocar a emergência de uma nova maneira de dramatizar. E deveria, talvez, suscitar um questionamento dos códigos convencionais da teatralidade.

Será que não se poderia tentar uma dramatização do discurso? Não poderíamos analisar o discurso e indagar quais aspectos da especificidade do texto residem nele? Será que não se poderia falar de uma dramaturgia discursiva que atuasse operando sobre o discurso, assim como a dramaturgia fabular operou, tradicionalmente, sobre a fábula? Essa pergunta inocente foi o ponto de partida de todas as minhas pesquisas no terreno teórico e no terreno da escrita de teatro, a partir do texto narrativo.

Poderíamos sintetizar esse novo campo de exploração da seguinte maneira: *qual é a teatralidade implícita no discurso?* Não devemos apenas procurar saber se alguns personagens têm maior ou menor consistência, se as situações que o relato apresenta são menos ou mais teatrais porque se colocam menos ou mais conflitos, se os diálogos são interessantes ou ricos – quer dizer, não devemos apenas questionar dentro do que pertence ao âmbito da fábula, mas tentar decifrar a discursividade do texto, identificar o texto por seus mecanismos discursivos. Quais são suas características e como elas poderiam ser transportadas para o âmbito da dramaturgia? Nesse sentido, o que trabalhei, principalmente em todos esses últimos anos, foi a *dramaturgia do discurso* – quer dizer, a dramaturgia a que se pode chegar quando se assume a problemática gerada pelos questionamentos citados.

A possibilidade de assumir uma intervenção dramatúrgica centrada no discurso não elimina a possibilidade de incorporar à representação alguns elementos da fábula, tais como os personagens ou suas ações – quer dizer, não nos obriga a expulsar de nosso resultado teatral os níveis da fábula. A novidade dessa opção é que ela nos obriga a levar em conta – em nossa teatralização – o plano discursivo através do qual esses elementos fabulares se organizam, no texto de partida e na nossa criação.

Um pequeno exemplo pode ilustrar o que estou propondo. Na teatralização que realizei para o Teatro Fronteiriço de *Primeiro Amor*, de Beckett, a fábula não aparece: não vemos Lulu em nenhum momento, não vemos o encontro dela com o narrador, não vemos os momentos em que eles se conhecem, em que convivem ou em que se separam. Tudo aquilo que é contado nesse relato seria a fábula propriamente dita: o estranho *primeiro amor* deste personagem residual, antissocial e quase vegetal com uma prostituta vesga chamada Lulu, que ele conhece num parque, não aparece na minha versão. Na minha versão, aparece o ato de narrar. Aparece, simplesmente, o nível discursivo. A única inserção do nível fabular na minha versão são os gritos da parturiente, que são ouvidos ao longe e que o espectador só identifica – quando muito – no final do espetáculo.

Em *Primeiro Amor*, trata-se de um caso extremo em que a fábula ficou inteiramente de fora da teatralização. Em outras dramatizações – por exemplo, em *Bartleby, o Escriturário*, ou em *Moby Dick*, ambas de Melville –, o produto final contém, preserva e explora elementos importantes da fábula e situações concretas da trama.

Outro caso extremo de eliminação da fábula, dentro de meu trabalho, foi minha adaptação de "Informe dos Cegos", de Ernesto Sábato, parte essencial de seu romance *Sobre Heróis e Tumbas*. Trata-se de um capítulo fascinante em que o personagem Fernando Vidal escreve suas descobertas sobre a seita dos cegos, que, de acordo com sua investigação, constituem a encarnação do mal na terra, e que dominam o mundo, ou o dominarão. É um capítulo cheio de ressonâncias filosóficas, psicológicas, políticas e míticas. Contém em si uma trama extraordinária, quase de literatura fantástica, enquanto descreve todas as peripécias de sua investigação. Mas eu eliminei todo esse sugestivo material e trabalhei apenas com o discurso especulativo – e paranoico – de Fernando Vidal: suas teorias sobre o mal, sobre o bem, sobre os cegos, etc. Em troca dessa eliminação da fábula, tive que inventar uma situação dramática em que o personagem dá uma conferência para revelar ao mundo a descoberta da seita. Dada sua certeza de que os cegos vão impedir sua revelação e, portanto, de que o público pode conter alguns representantes dos cegos, não se trata de uma conferência qualquer, mas de uma espécie de desafio, quase poderíamos dizer, de uma imolação. Durante o processo de montagem, em comum acordo com o ator, inventamos um personagem que tem como subtexto a certeza de que, ainda que o matem, essa sua morte servirá para revelar ao mundo que os cegos são efetivamente a encarnação do mal – e que ele tinha razão. Era uma situação que fomos criando durante o trabalho de ensaio, já que o texto dramático inicial continha simplesmente as especulações do personagem e a promessa de que ele revelará sua descoberta sobre a seita dos cegos. Não havia nada na minha versão que remetesse ao plano da fábula.

Recapitulando: preciso esclarecer que essa modalidade de intervenção dramatúrgica, centrada nos aspectos discursivos do texto narrativo, foi a que me interessou e me ocupou mais intensamente durante minha trajetória – e será, portanto, o objeto principal de nosso trabalho. Mas, antes de abordar esse segundo campo de pesquisa que estou propondo, vou me deter um pouco na modalidade de dramaturgia fabular – que, apesar de tudo o que foi dito até agora, também considero de grande importância no trabalho do dramaturgo.

Dramaturgia fabular

ARTICULAÇÃO ENTRE FÁBULA E AÇÃO DRAMÁTICA

Minhas reflexões e indagações a respeito da dramaturgia a partir da fábula tiveram início recentemente, depois que me dei conta de que – na minha obsessão em trabalhar sobre a dramaturgia do discurso – eu tinha exagerado ao desconsiderar o nível fabular da ação. Então elaborei um esquema – que utilizo em meus cursos de escrita – para elucidar a articulação entre fábula e ação dramática. Comecei por me perguntar: se é possível estabelecer na narrativa uma dissociação entre *história* e *discurso*, o que aconteceria se fizéssemos a mesma coisa com um texto dramático? O que acontece quando estabelecemos também uma dissociação entre fábula e ação dramática no plano de uma peça de teatro?

Minha indagação me levou a postular um dispositivo analítico que me permitisse compreender o que é propriamente a ação dramática. Aquilo que nos relatos chamamos de *história*, quer dizer, a cadeia de acontecimentos que o texto nos permite evocar, seria a fábula numa obra dramática; e o equivalente do *discurso*, ou seja, das estratégias narrativas que organizam a percepção particular de tais acontecimentos num relato concreto, constituiria a *ação dramática* de um texto teatral determinado. Como acontece na narrativa, onde uma mesma *história* pode dar lugar a diferentes relatos – cada um com seu *discurso* específico –, uma mesma *fábula* pode ser organizada segundo diversas modalidades de *ação dramática*, dando lugar a diferentes obras teatrais. A ação dramática seria, portanto, o modo específico como uma obra teatral dispõe a apresentação da fábula, as pautas e estratégias dramatúrgicas que um determinado autor utiliza para "contar" – ou não contar – os fatos da fábula.

No esquema mencionado, distingo cinco âmbitos nos quais podemos indagar como são feitas as articulações entre a fábula e a ação dramática. Esses âmbitos são: a *temporalidade*, a *espacialidade*, os *personagens*, o *discurso* e a *figuratividade* ou verossimilhança.

FÁBULA E AÇÃO DRAMÁTICA
PLANOS DE ARTICULAÇÃO

A TEMPORALIDADE

- Que sequências ou episódios da fábula são incluídos na ação dramática?
- Em que ordem são transmitidos ao receptor?
- Que importância uns e outros recebem, e que "extensão" merecem?
- Quais são tratados como
    - ANTECEDENTES
    - OCORRENTES
    - IMINENTES?

A ESPACIALIDADE

- Que lugar (ou lugares) da fábula é (ou são) representado(s) em cena?
- Ou melhor: a partir de que lugar(es) dramático(s) a fábula é mostrada?
- Qual a função e o sentido da oposição CENA/EXTRACENA?

OS PERSONAGENS

- Que sujeito(s) da fábula se encarrega(m) de sua concretização?
- Que sujeito(s) alheio(s) à fábula incorpora(m) a ação dramática?
- Que hierarquia dramática se estabelece entre eles?
- Que estrutura relacional organiza sua interação?

- Através de que ponto de vista tais sujeitos (e portanto os acontecimentos da fábula) são oferecidos ao receptor?
- Como se distribui a economia dramática entre PRESENTES e AUSENTES?
- Entre estes últimos, quais funcionam como
    REFERENCIAIS
    EXTRACÊNICOS
    "INCORPÓREOS"?

O DISCURSO

- Que episódios e/ou circunstâncias da fábula integram a ação dramática a partir da DIALOGICIDADE e quais a partir da NARRATIVIDADE?
- Como são dosados e como se interpenetram os dois modos do discurso verbal?
- Que modalidades do monólogo, do diálogo, do "triálogo" e do discurso coral são utilizadas nas interações da ação dramática?
- Que papel desempenham o silêncio, o implícito, o não dito, etc., no processo comunicacional?
- Como se articulam, no texto dramático, as rubricas e as respostas (quer dizer, a proporcionalidade entre o verbal e o não verbal)?

A FIGURATIVIDADE

- Que grau de afinidade os personagens e acontecimentos da fábula têm com a imagem da realidade dos receptores da ação dramática?
- Em que medida estes reconhecem como verossímeis as circunstâncias do mundo ficcional?
- Que princípio(s) de causalidade rege(m) o encadeamento dos fatos na fábula e na ação dramática?
- Que grau de autoconsistência o "mundo possível" configurado pela ação dramática oferece?
- Que crenças, princípios, valores, tabus, ideias, sentimentos e sentidos a fábula e a ação dramática põem em jogo?

Veremos em seguida, trabalhando com um texto curto de Thomas Bernhard ("Suspeita"), como determinados aspectos do discurso narrativo podem encontrar uma particular não digo correspondência, mas adequação ao âmbito da dramaturgia. Em alguns casos, com resultados bastante surpreendentes. Trata-se de um exercício daquilo que chamei anteriormente de dramaturgia fabular – quer dizer, uma intervenção dramatúrgica que se restringe, na medida do possível, à preservação e transposição da fábula. Esse exercício se fundamenta na hipótese exposta anteriormente: a de que é possível realizar a mesma operação de dissociação estabelecida na narrativa entre história e discurso, diferenciando-se analiticamente, numa obra teatral, a fábula e a ação dramática.

"Suspeita" é um dos textos narrativos do livro O *Imitador de Vozes*. Trata-se de textos curtos que relatam casos em geral lamentáveis e que correspondem à época em que Thomas Bernhard, como cronista de tribunais, assistia a julgamentos em que desfilava todo tipo de transgressão dos códigos humanos. Nesses textos, a transcrição dos fatos se mantém num estado bem próximo ao que poderíamos chamar de pura fábula, de simples cadeia de acontecimentos. Eles imitam um estilo de crônica austera, não mediada por nenhum comentário ou juízo sobre os acontecimentos, como se se tratasse de uma espécie de informe judicial – ou, pelo menos, da crônica de um caso judicial. Por conta disso, pode-se dizer que o nível do discurso é despojado, leve, "transparente", como se pretendesse apenas traduzir a organização dos fatos brutos. (Depois veremos que não é bem assim, que não existe um grau zero do discurso, que qualquer narração, por mais austera que seja, implica um ponto de vista narrativo e, portanto, que a especificidade discursiva existe sempre.) Mas nesse texto de "Suspeita" podemos dizer que o discurso está camuflado sob uma espécie de assepsia da crônica de tribunal, deixando-nos diante dos fatos com uma aparente objetividade receptiva.

> ### SUSPEITA, de THOMAS BERNHARD
>
> Um francês foi preso no tristemente célebre Kitzbühel, só porque uma camareira do hotel da Águia de Duas Cabeças acusou-o de, por volta da meia-noite, quando, atendendo a seu desejo, foi levar até seu quarto um conhaque triplo, tentar abusar dela, coisa que o francês, como dizem os jornais, negou totalmente na delegacia de polícia, qualificando a acusação de infâmia áspera, vil e abjeta. O francês era professor de filologia alemã na famosa Sorbonne de Paris e queria descansar, no hotel Águia de Duas Cabeças, das fadigas de uma tradução de *Assim Falou Zaratustra*, de Nietzsche, que lhe havia tomado mais de dois anos. No entanto, a mudança brusca de clima de Paris para Kitzbühel não tinha lhe caído bem, e a consequência da viagem precipitada da França até o Tirol foi uma gripe maligna, que o atacou quando ele chegou a Kitzbühel e o deixou de cama durante vários dias. Como ficou provado que o professor não estava de maneira nenhuma em condições de seduzir a camareira, para não falar de violentá-la de fato, ao fim de apenas algumas horas ele já tinha sido posto em liberdade e voltado ao Águia de Duas Cabeças. A camareira foi expulsa do Águia de Duas Cabeças e, quando descobriu sua foto no jornal com a legenda "Uma filha infame de Kitzbühel", atirou-se imediatamente no Inn. Até hoje seu cadáver não foi encontrado.

Embora eu tenha dito antes que nesse relato poderíamos falar de um discurso aparentemente neutro e objetivo – como se o narrador tivesse renunciado aos recursos narrativos para deixar os fatos em sua nudez mais despojada –, na verdade podemos verificar que não é bem assim: existe um nível narrativo muito sutil e sofisticado que turva a imediata percepção dos fatos supostamente pretendida pelo narrador. Podemos intuir uma intervenção manipuladora no nível do discurso, que distorce a mera transcrição dos dados objetivos. Vejamos em que "lugares" do discurso se esconde essa manipulação.

Encontramos o primeiro indício na frase "... *só porque uma camareira...*", em que fica evidente uma clara tendenciosidade, como se o fato de que uma camareira acusasse alguém de abusar dela fosse um motivo insuficiente para prendê-lo. E essa relativização do fato contrasta com a ponderação referente ao francês: "... *a famosa Sorbonne de Paris...*" e "... *as fadigas da tradução...*". Evidentemente, há uma espécie de fabricação da aura que rodeia o personagem. Depois, é também curiosa a referência ao jornal como instância avalizadora: "... *o que, como dizem os jornais, negou completamente...*". Com isso, começamos a vislumbrar o ponto de vista do narrador sobre estas três instâncias de personagens do relato: o professor francês, a camareira e a imprensa escrita.

Um segundo aspecto inquietante pode ser percebido quando o relato diz: "... *Como ficou provado que o professor não estava de maneira nenhuma em condições de seduzir a camareira, para não falar de violentá-la de fato...*". Ficou provado? Onde? Como? Em que contexto? Na delegacia? Quem provou? Trata-se, evidentemente, do testemunho do professor frente ao testemunho da camareira, mas o próprio discurso – com uma evidente má intenção – já exibe, sem demonstrar, essa conclusão tão distorcida: "... *não estava de maneira nenhuma em condições de...*". Em contrapartida, deixa passar sem nenhum comentário um fato: "...*A camareira foi expulsa do Águia de Duas Cabeças...*". Não acrescenta qualquer condicionante, nenhum volteio verbal que o relativize. Esse segundo acontecimento da história é apresentado como uma consequência, digamos, óbvia, inevitável. O primeiro, em compensação, é organizado em termos textuais de forma a ficar absolutamente relativizado e, no fim das contas, negado: "... *Como ficou provado que...*".

Mas há um outro aspecto em que a intervenção discursiva é evidente, e poderemos perceber isso na seguinte reestruturação cronológica dos fatos da fábula:

1. Um professor francês de filologia alemã da Sorbonne de Paris trabalha durante mais de dois anos na tradução de *Assim Falou Zaratustra*, de Nietzsche.
2. Para descansar da fadiga, vai até o hotel da Águia de Duas Cabeças de Kitzbühel, no Tirol.
3. A mudança brusca de clima, em consequência da viagem precipitada, não lhe cai bem e ele é atacado por uma febre maligna logo que chega.
4. Após vários dias de cama, numa meia-noite ele pede a uma camareira que leve até seu quarto um conhaque triplo.
5. No dia seguinte, a camareira o acusa de ter tentado abusar dela.
6. Preso na delegacia de polícia, o francês nega completamente a acusação, qualificando-a de infâmia áspera, vil e abjeta.
7. Ao fim de algumas horas, ele é posto em liberdade, quando fica provado que não estava de maneira nenhuma em condições de seduzir a camareira, para não falar de violentá-la de fato.
8. O francês volta ao Águia de Duas Cabeças e a camareira é expulsa do hotel.
9. No dia seguinte, os jornais publicam a notícia com uma foto da camareira e a legenda: *Uma filha infame de Kitzbühel*. (Aqui, a única coisa que introduzi, que não está explícita, é "no dia seguinte" – mas isso pode ser depreendido do texto.)
10. A camareira – ao ver a foto com a legenda – atira-se imediatamente no rio Inn.
11. Até hoje seu cadáver não foi encontrado.

Essa simples intervenção no nível do discurso torna evidente para nós que entre as sequências quatro e cinco existe uma omissão escandalosa: o que aconteceu realmente naquela noite no quarto? É provável que tal omissão não seja percebida pelo leitor numa primeira leitura – quer dizer, na leitura. Ao omitir esse momento na sucessão dos acontecimentos, o leitor fica absolutamente indefeso diante do desenvolvimento do relato e diante do juízo de valor que fica evidente nas anomalias apontadas anteriormente. E, portanto, diante da totalidade da história.

De maneira que o simples fato de produzir a omissão de um elo da cadeia de acontecimentos abre um espaço de indeterminação que cada leitor deverá "preencher" por si mesmo. Mas esse preenchimento modifica completamente nossa apreciação. Temos uma primeira opção: o francês realmente tentou abusar da camareira. Consequentemente, o que acontece em seguida – que pode parecer menos ou mais dramático, menos ou mais lógico, menos ou mais justo ou injusto – é que o francês tenta se defender da acusação da camareira fazendo crer que ela está cometendo uma injustiça. Mas também podemos levar em conta a outra opção: o francês não tentou abusar da camareira, e, no caso, foi a camareira que inventou tudo, por algum motivo que ignoramos. A partir de qualquer uma de nossas opções – a partir do momento em que o leitor escolhe uma opção – temos que reorganizar toda a nossa avaliação dos fatos.

Costumo utilizar esse exercício nos cursos de escrita, porque ele permite elucidar perfeitamente a articulação entre a fábula e a ação dramática. O dramaturgo que quiser – hipoteticamente – dramatizar esse relato tem diante de si os elementos de uma fábula, uma cadeia de acontecimentos relacionados por um determinado princípio de causalidade. Mas tem, também, uma omissão muito significativa. Por isso terá que assumir uma opção num sentido ou no outro. Pode intervir e escrever uma cena em que fica evidente que o abuso aconteceu. Ou pode, pelo contrário, assumir que a moça está mentindo, ou que tentou seduzir o professor, sem sucesso. Ou ainda pode optar por uma terceira via: manter esse buraco negro e não explicar na dramatização se o abuso ocorreu ou não. O que precisa ficar evidente é que a opção escolhida determinará a articulação da fábula com a ação dramática.

Mas esse exercício tem outras possibilidades mais pertinentes com relação ao tema da dramaturgia historial. Por suas características — tanto da história quanto do discurso —, trata-se de um exercício de escrita dramática, mais do que de adaptação. Esse é um tipo de texto narrativo que exige do dramaturgo uma intervenção basicamente criativa, já que a única coisa que ele teria para usar seria um esqueleto de ações. Pois bem: dentro dessa condição de assepsia da crônica de tribunal, o relato oferece a possibilidade de agir levando em conta os níveis de articulação entre a fábula e a ação dramática que já mencionamos: temporalidade, espacialidade, personagens, discurso e figuratividade ou verossimilhança. Em outras palavras: colocando para cada um desses níveis — ou âmbitos — uma série de perguntas que o dramaturgo terá que responder em cada caso.

PRIMEIRO ÂMBITO DE ARTICULAÇÃO:
A TEMPORALIDADE

O primeiro âmbito de articulação entre a fábula e a ação dramática seria o âmbito da *temporalidade*. E as perguntas a que seria preciso responder — que são, também, as que orientam nossa teatralização — seriam:

- Que segmentos ou episódios da fábula são incluídos na ação dramática?
- Qual seria a ação inicial na dramatização – quer dizer, em que momento da fábula nossa dramatização irá começar?
- Qual é a ordem das sequências?
- Qual a ênfase das cenas?
- Qual é a sua importância na peça?
- Qual sua extensão ou intensidade?
- Qual a modalidade em seu tratamento (se como antecedente, ocorrente ou iminente)?

Por exemplo: numa dramaturgia a partir da estrutura argumental ou fabular de "Suspeita", teríamos várias opções na seleção dos episódios a serem incluídos. Poderíamos incluir todos os episódios que nossa reestruturação cronológica anterior nos oferece: desde uma cena que acontece no apartamento do professor francês em Paris até a infrutífera busca do cadáver da camareira no rio, passando pelos outros nove episódios apontados. Ou, na sua falta, selecionar apenas alguns deles e concentrar nestes toda a ação dramática e a apresentação da informação de que o espectador precisa para se envolver em nossa dramatização. Um problema interessante que seria necessário abordar nesse aspecto da opção dramatúrgica é o colocado pela inclusão ou exclusão do acontecimento não explícito, sobre o que teria acontecido na noite do – suposto – assédio sexual. Em conjunto, essas seriam as questões a se levar em conta no primeiro aspecto de nosso questionamento sobre a temporalidade.

Se decidíssemos incluir todos os acontecimentos da fábula, poderíamos começar nossa peça com a primeira cena do professor em Paris. Mas também poderíamos optar por começar na sequência número quatro: nossa teatralização começaria com o professor francês em seu quarto do Águia de Duas Cabeças, tossindo, muito doente, tentando se comunicar com a recepção do hotel para que lhe mandem um conhaque. Nesse caso, teríamos que nos preocupar – nessa e nas cenas seguintes – em apresentar a informação necessária para que o público receptor possa deduzir que se trata de um professor francês que está trabalhando – ou trabalhou – na tradução da obra de Nietzsche. Ou seja, embora eu possa omitir alguns acontecimentos, tenho que me preocupar em recuperar a informação – ou os antecedentes necessários – através da ação dramática em outros episódios.

Poderia decidir também que o único segmento temporal que vou focalizar na ação dramática é o último: quando tudo já tiver acontecido. A totalidade da fábula poderia ser dramatizada numa cena às margens do rio: uma série de curiosos e de testemunhas comentando, o professor talvez passe com sua maleta e se encontre com o policial... E, nesse caso, através de uma cena – que não teria que ser meramente informativa –, eu precisaria considerar todos os problemas de recuperação dos antecedentes, das relações, da criação de conflitos, etc. Portanto, todos os acontecimentos anteriores teriam que ser reportados mediante outro procedimento, diferente da concretização da ação dramática.

Obviamente, existe a opção de manter a ordem sequencial dos acontecimentos – sejam eles completos ou pressuponham omissões. Mas há também a opção de alterar essa sequência recorrendo a procedimentos de *flash back* ou *flash foward*, ou uma combinação dos dois. Tanto num caso quanto no outro, o âmbito da temporalidade exigirá de nós determinar que importância terão estes ou aqueles episódios, estes ou aqueles segmentos da fábula. E, portanto, que extensão cada um deles merece. Posso enfatizar a importância de uma cena particular – ou de várias – e lhe dar uma extensão maior, para criar um recipiente dramático em que apareça uma maior complexidade, uma informação mais intensiva sobre situações anteriores, uma troca de opiniões a respeito das coisas que vimos antes, etc. O dramaturgo pode atuar e manipular o nível de importância dos episódios em sua dramatização. Pode, inclusive, eliminar alguns deles. Nessa indagação, ele está empenhando sua própria visualização e teatralização do material narrativo.

Um aspecto que se deve destacar no tratamento da temporalidade é o que se refere às modalidades com que são tratados os episódios da fábula na dramatização. Poderíamos agir com uma classificação dos acontecimentos: antecedentes, ocorrentes e iminentes.

Ocorrentes seriam aqueles acontecimentos cujo desenvolvimento estamos vendo – cuja dramatização desdobramos através da ação dramática, o que os torna visíveis para o espectador. Os acontecimentos que aparecem como *antecedentes* são aqueles que o dramaturgo não está interessado em dramatizar, mas apenas evocar. Não aparecem aos olhos do espectador, mas são mencionados, narrados – em maior ou em menor grau – através de alusões. Por fim, seriam *iminentes* aqueles acontecimentos que não chegam a ocorrer em cena, mas que percebemos que irão ocorrer, que a dramatização induz, na percepção do espectador, como sendo de ocorrência iminente. Por exemplo: em "Suspeita", poderíamos omitir a situação em que a camareira se atira no rio – bastaria incluir outra cena que terminasse com ela se despedindo de uma companheira e na qual, de forma velada, o espectador tenha clara consciência de que ela vai se atirar no rio. Em muitas peças acontece isso: ao final, interrompe-se uma ação que não se vê, mas como espectadores nós temos os dados – ou a percepção – suficientes para saber que, inevitavelmente, acontecerá. A opção de não realizar como ocorrente a cena final, mas deixá-la como iminente para provocar o trabalho de "escrita" do espectador, costuma ser muito rica e produtiva.

SEGUNDO ÂMBITO DE ARTICULAÇÃO: A ESPACIALIDADE

O segundo âmbito de articulação da fábula com a ação dramática seria a espacialidade. Tudo aquilo que decidirmos no âmbito da espacialidade está em relação direta com as opções que escolhermos no âmbito da temporalidade. Isto é uma coisa evidente, na medida em que o limite espaciotemporal em que ocorre um episódio dramático estabelece uma certa interdependência dessas duas dimensões. Mas cabe adiantar desde já que a noção de espacialidade exigirá que decidamos o tipo de relação que existirá entre o que ocorre na cena e o que ocorre ao lado ou fora dela. Em outras palavras: a *relação intracena-extracena* é da competência do âmbito da espacialidade, tanto quanto – como já dissemos antes – do âmbito da temporalidade.

A maneira de abordar a articulação entre a fábula e a ação dramática no âmbito da espacialidade consiste, novamente, em bombardear nossa proposta dramatúrgica com uma série de perguntas. Por exemplo:

- Que lugar – ou lugares – da fábula serão representados em cena?
- Ou, formulando de outra maneira: a partir de que lugar – ou lugares – a fábula será mostrada?

No texto de Bernhard, podemos ver que a fábula menciona diferentes espaços e/ou lugares: temos Paris, apenas aludido, de onde podemos inferir o apartamento ou casa onde mora o professor; temos um lugar chamado Kitzbühel, povoado turístico do Tirol; temos um hotel chamado Águia de Duas Cabeças e, nesse hotel, claramente mencionado, o quarto em que o professor está hospedado (mas também podemos inferir outros espaços do hotel: da recepção até o bar, passando pelo lugar onde os empregados do serviço noturno descansam, etc.); temos a delegacia de polícia, outro espaço mencionado claramente no texto; podemos também inferir o quarto da camareira e também sua moradia, se quisermos; temos o rio, que corre por Kitzbühel, aquele rio onde o cadáver não foi encontrado...

Quer dizer: contamos com uma série de espaços possíveis que a fábula desenha para nós – nesse caso, ela não desenha, já que não há uma descrição, mas outros relatos são de fato mais prolixos na configuração de espaços e lugares. Por conta disso, podemos decidir que todos esses lugares apareçam; ou então só um deles; ou alguns deles. Ou melhor, podemos definir algum critério de alternância ou recorrência deles. A tarefa que devemos nos propor é a de conseguir que todos os componentes da fábula estejam presentes – e também atuantes – no espaço ou espaços que propusermos para nossa ação dramática. O que pode nos oferecer uma ferramenta útil para nos orientar no âmbito da espacialidade é a análise da topologia do relato: os modelos espaciais inscritos no texto, quer seja dramático quer narrativo.

Por exemplo, em nosso texto podemos identificar a existência de dois espaços simbólicos (o que configura uma topologia): o espaço do privado e o espaço do público. O privado está representado pelo quarto do professor francês, onde ocorre aquilo que não é desvendado... e que constitui o próprio núcleo do relato. O público, que é a ressonância do fato – a denúncia da camareira, a acareação com os policiais e com o professor, o jornal, a opinião pública que determina o suicídio da camareira –, estaria representado pelos lugares onde acontece cada um desses episódios. Sem forçar o texto, portanto, poderíamos ver que existe uma topologia de espaços que apresentam o privado e o público em oposição. Quer dizer: a projeção pública do fato privado. Ela não se suicida porque sua denúncia foi recusada – de fato, ela foi humilhada na delegacia de polícia, sua denúncia não foi ouvida –, mas quando esse acontecimento se torna público através da imprensa: sua fotografia com a legenda "Uma filha infame de Kitzbühel". O modelo espacial que articularia esse relato seria a oposição entre o público e o privado. E, justamente, com a característica particular de que o essencial do privado, que é se houve ou não tentativa de abuso, fica velado para nós no relato.

Poderíamos então decidir que toda a nossa ação dramática ocorreria em dois espaços: o quarto – como paradigma do fechado, do privado, do particular, do secreto, etc. – e a delegacia, ou a redação de um jornal, ou o *hall* do hotel, etc., como espaço-matriz do público, da opinião pública que irá sentenciar o caso. A opção da redação de um jornal é especialmente atraente, por enfatizar o papel decisório que a imprensa tem na fábula. Uma opção, portanto, será organizar toda a ação dramática em torno desses dois únicos espaços, apresentados de maneira sucessiva ou alternada, como já havíamos dito.

Por outro lado, o dramaturgo tem uma margem de liberdade para decidir dramatizar a ação em espaços que não são apresentados na fábula, mas que podem ser inferidos dela. Num dado momento do processo de dramatização, podemos decidir que nenhum desses espaços da fábula nos satisfaz e optar por que tudo aconteça em outro espaço possível. Para "Suspeita", poderíamos propor uma loja onde trabalha, por exemplo, um novo personagem, o noivo da camareira. A aparição desse personagem é um fato completamente extratextual, para o qual – como veremos logo em seguida – teríamos que efetuar uma manipulação do terceiro âmbito: o dos personagens.

Ainda dentro do âmbito da espacialidade, existe uma oposição cuja possibilidade terá sempre efeitos enriquecedores sobre nossa dramatização: a dialética *cena-extracena*. Quer dizer: a relação entre aquilo que é visualizado pelo espectador e que se produz em cena – ou, se preferirmos, a intracena – e o ocorrido na extracena, isto é, aquilo que não é visualizado, mas que evidentemente existe como âmbito envolvente da ação dramática propriamente dita. O que geralmente sempre foi considerado como uma limitação do teatro, que é o fato de contar apenas com um palco de pequenas dimensões, não é na verdade uma limitação, já que não é verdade que o teatro disponha apenas do espaço cênico: ele dispõe do espaço extracênico, e este pode abarcar desde o aposento contíguo até o planeta inteiro – se quisermos –, passando pela rua, pelo bairro, pela cidade, etc. Através do que acontece na cena, podemos tornar patentes as relações entre o distante e o próximo, como o teatro sempre fez.

Em Tchékhov, existe fundamentalmente uma ação intracênica, mas seus personagens estão sempre condicionados por uma extracena tão remota quanto pode ser a Moscou de *As Três Irmãs*, inatingivelmente longe naquela imensidão russa; ou Paris, no caso de *O Jardim das Cerejeiras*. Isso quer dizer que todos esses espaços extracênicos são também espaços dramáticos, e, nesse sentido, nós dramaturgos podemos abarcar uma enorme extensão espacial e uma grande diversidade geográfica, fazendo-as atuar dramaticamente na cena, e não apenas mencionando-as.

TERCEIRO ÂMBITO DE ARTICULAÇÃO:
OS PERSONAGENS

A pergunta "Que sujeitos da fábula se encarregam de sua concretização?" instaura o âmbito dos personagens. Temos aí uma vasta gama de possibilidades: posso resolver contar essa história através de um monólogo (resolvendo, por exemplo, que não preciso de nenhum outro personagem além da camareira, à margem do rio, conversando com uma boneca de trapo, e através desse único personagem dramatizar a fábula inteira, talvez inclusive sem esclarecer o que aconteceu naquela noite). Ou então simplesmente utilizar todos os personagens que a fábula me apresenta, quer eles participem através de sua intervenção na ação narrada, quer se deduza sua existência por inferência do universo do relato. Inclusive, além dos personagens que podem ser deduzidos pela lógica narrativa, posso acrescentar outros que não foram contemplados na fábula. E tenho também o direito de inventar todas as justificativas e todas as motivações de uma ação, na medida em que o texto original não as oferece.

Segunda pergunta: "Que hierarquia organiza sua interação?". Ou seja, quem irei destacar? Estabelecer a hierarquia dos personagens é uma prerrogativa dramática, de maneira que posso resolver que o personagem central será o professor e, portanto, outorgar a ele mais presença cênica do que aos outros. Ou então, pelo contrário, inverter a hierarquia e fazer com que o professor quase não fale e mal apareça – nesse caso, tudo talvez girasse em torno da figura da camareira. Mas também posso fazer com que tudo gire em torno do policial ou do carteiro do povoado.

Pois bem: a hierarquia dramática não depende apenas da presença física do personagem em cena. Pode haver personagens de pouco –

ou nenhum – comparecimento cênico, e, em compensação, justamente por sua ausência ou sua pouca presença, ganham tanta ou mais importância do que outros. Lembremos, por exemplo, a Ivone, em *Ivone, Princesa da Borgonha*, de [Witold] Gombrowich; Pepe, o Romano, em *A Casa de Bernarda Alba*, de Lorca; ou Godot, em *Esperando Godot*, de Beckett. A hierarquia dos personagens não tem a ver apenas com sua presença cênica, mas também com a forma como eles polarizam os tensores da ação dramática.

Existe um outro fator importante nesse terreno, que é o das hierarquias que os personagens organizam entre si, determinadas pelas marcações psicoafetivas que os caracterizam. Posso resolver que o professor é um tipo fraco em termos de personalidade, ao passo que a camareira tem um estranho carisma, um estranho poder. Também posso estabelecer que a motivação do professor é que ele se apaixonou loucamente pela camareira, mas seu pudor o impede de lhe comunicar seu desejo. Os graus de dependência dos personagens dependem de seus vínculos afetivos. Ou seja: a hierarquia não é apenas para o espectador, mas também entre eles: quem é o dominador e quem é o dominado? De qualquer maneira, seria preciso procurar fazer com que esses esquemas não sejam rígidos, que possam se produzir inversões, variações, mudanças súbitas e desdobramentos.

Outro aspecto significativo nesse âmbito é perguntar que estrutura relacional organiza a interação dos personagens. Quer dizer: que personagens entram em contato entre si na ação dramática e com que frequência. Em *Hipólito*, de Eurípides, Fedra e Teseu nunca chegam a se encontrar em cena, porque quando Teseu chega Fedra já morreu. Em contrapartida, Racine reorganiza sua estrutura relacional para Fedra e Teseu efetivamente se encontrem. O fato de que alguns personagens se relacionem diretamente em cena produz um sentido diferente do que é gerado pelo fato de que nunca tenham contato e não possam interagir diretamente. E também diferente do que é provocado pelo fato de que esses contatos ocorram em momentos que não dramatizamos, pois então o que o espectador percebe são as consequências dessas interações que ele não testemunhou, mas cujos efeitos têm função dramática.

No relato, a função do personagem implica sua presença, sua hierarquia, sua rede relacional, e, portanto, condiciona o ponto de vista sobre os acontecimentos e os outros personagens da história. No nível da ação dramática, outra pergunta reveladora nesse âmbito é: "Através de que pontos de vista essas circunstâncias são oferecidas ao público?". De maneira semelhante ao que foi feito pelo narrador, o dramaturgo pode decidir tornar menos ou mais opaca a subjetividade de um determinado personagem. Ou então relevar a expressão de suas motivações. Em suma, pode operar com o enfoque de situações e personagens que permitam – ou então impeçam – a identificação do espectador com o ponto de vista de algum deles.

Por último, a economia dramática nos obriga a distribuir os personagens em duas categorias: presentes e ausentes da cena. Um personagem ausente não é um personagem inexistente: é um personagem que não se materializa em cena, mas que, como já vimos, pode ter uma grande importância no desenvolvimento da ação. O que se deve levar em conta é que, com o personagem ausente, estamos criando um interessante âmbito de inverificabilidade para o espectador. Os personagens ausentes podem ser apenas referenciais (fala-se sobre eles, mas desapareceram no passado ou na distância impenetrável). Ou então habitam a extracena (e o autor não lhes concede o direito de se tornarem presentes). Ou, ainda, são personagens incorpóreos (vozes, sombras, objetos, etc.).

No nosso caso, vamos imaginar que situamos a ação de "Suspeita" em torno da presença cênica do professor e que a camareira aparece apenas como uma voz. Por exemplo: desdobramos a ação dramática em três noites de delírio do professor: antes, a noite em questão e o dia seguinte. Talvez a camareira vá dizendo fragmentos da suposta conversa que teve com o professor no primeiro dia, e ele dialoga com essa voz. Podemos, portanto, criar personagens incorpóreos, não necessariamente espíritos, mas personagens que vivem na mente dos personagens presentes. E podemos até brincar com a presença incorpórea de um personagem através de sua voz e com a confrontação com esse personagem em termos reais. Então esse personagem que ouvimos no delírio do professor aparece na última cena em carne e osso, falando com sua amiga ou suicidando-se, ou ainda como um cadáver que não quer sair do fundo do rio.

Falei em cadáver, mas... será que ela se suicida mesmo? Será que ela morre no fundo do rio? Aqui se abre uma outra incógnita bem interessante. A camareira se atira imediatamente ao rio, e até hoje não encontraram o cadáver. O texto torna a nos preparar uma armadilha, porque estamos de novo diante de uma omissão e, além disso, num âmbito de inverificabilidade. Podemos jogar com essa ausência do personagem da criada, arrematada pela ausência do cadáver, o que pode dar lugar a uma grande quantidade de hipóteses. Dessa maneira, a ação dramática se prolongaria para além da fábula. Pois pode acontecer que ela não tenha se suicidado, mas feito uma ameaça de suicídio, e depois disso tenha preferido aproveitar essa suposta morte para não retornar à sua antiga situação. Ou seja, existe toda uma possibilidade de jogo com essa presença-ausência dos personagens.

QUARTO ÂMBITO DE ARTICULAÇÃO:
O DISCURSO

Quarto âmbito de articulação: o discurso. Que situações da fábula são figuradas textualmente através da dialogicidade? E quais são figuradas através da narratividade? Estou contrapondo dialogicidade e dramaticidade, embora o narrativo possa fazer parte do dialógico: um personagem pode narrar alguma coisa a outro para lhe fazer algo, para influir sobre ele, e, portanto, essa narração faz parte da dialogicidade. O autor pode resolver que as informações sobre os antecedentes dos personagens, as situações extracênicas, os desejos e as aspirações profundas dos personagens, etc. apareçam sob a forma de uma relação dialogal – que pode ser um monólogo, como o clássico relato do "mensageiro" –, mas também poderia optar por uma dramaticidade mista, épico-dramática, e fazer com que, em determinado momento, um personagem rompa a quarta parede e narre para o público. Existem outras combinações possíveis, além das mencionadas, conforme o personagem narrador faça parte do mundo, e portanto participe da fábula (e da ação dramática) num grau maior ou menor de centralidade, ou seja, uma figura externa à história: Prólogo, Coro, Narrador, etc.

As afinidades e discrepâncias entre o ponto de vista do personagem narrador e o proporcionado ao receptor pela interação dialogal constituem uma interessante fonte de ambiguidades e/ou redundâncias. Estabelecer um contraste claro ou uma certa dessemelhança entre a versão dos fatos proporcionada pelo discurso narrativo e aquela que se depreende da ação dramática permite transportar para a cena o "perspectivismo múltiplo" que produziu frutos tão complexos no romance contemporâneo.

Mereceria um capítulo à parte – e, infelizmente, impossível de ser abordado nos limites deste trabalho – a consideração detalhada das diferentes variantes que o dispositivo dialogal nos oferece. Estou me referindo às diversas modalidades do monólogo, do diálogo propriamente dito, do triálogo e do discurso coral, que proporcionam à intervenção dramatúrgica uma gama vastíssima de recursos a serviço da complexidade na interação dos personagens.

O mesmo se poderia dizer a respeito da função desempenhada, na organização da ação dramática, por elementos como a pausa, o silêncio, o mutismo, o implícito, o não dito, etc., assim como pela inevitável dissociação entre pensamento e palavra, que abre para o âmbito da dramaturgia de textos narrativos o rico domínio da relação entre texto e subtexto.

Um último aspecto, dentro do tópico referente ao discurso, seria a proporcionalidade entre rubricas e respostas, entre didascálias e diálogos. (Chamar a palavra do personagem de diálogo implica uma certa ambiguidade, principalmente quando acabamos de falar de monólogos, diálogos e triálogos...) Proponho, portanto, que chamemos de réplicas o que for palavra do personagem e rubricas o discurso didascálico. Na organização discursiva da fábula, posso optar por uma maior ou menor abundância de rubricas e de réplicas, e a proporcionalidade entre os dois códigos tem uma significação. Mas é preciso notar que a natureza, a função e o sentido das didascálias mereceriam também um questionamento detalhado, alheio às nossas possibilidades.

QUINTO ÂMBITO DE ARTICULAÇÃO:
FIGURATIVIDADE E MUNDO POSSÍVEL

A noção de *figuratividade*, relacionada com a noção de *mundo possível*, oferece ferramentas de trabalho muito valiosas. A pergunta que se deve formular para levar em conta a noção de figuratividade seria: "Qual o grau de afinidade ou semelhança dos personagens e acontecimentos da fábula com a imagem de realidade dos receptores originários?". Em outra época eu teria dito: "Em que os personagens e situações da fábula se parecem com os personagens e situações da realidade?". Mas sabemos que a realidade, como tal, é apenas uma imagem – e que cada grupo social tem uma imagem da realidade, imagem construída pela educação, pela ideologia, pela religião, etc. E também que, de acordo com essa imagem da realidade, o espaço e o tempo têm determinadas características, a causalidade funciona segundo determinadas leis e os comportamentos dos personagens são regidos por uma determinada lógica, uma determinada justificação.

Se tomarmos o exemplo de qualquer tragédia grega sabemos que, provavelmente, para os espectadores e receptores originários dessa tragédia, o mundo dos mitos (esse mundo que para nós é afastado da realidade) tinha uma semelhança autêntica com a realidade. Eles acreditavam, por exemplo, no determinismo, acreditavam que o destino dos seres humanos obedecia a decisões dos deuses, às vezes a seus conflitos, a suas lutas e seus interesses. Portanto, podemos imaginar que o princípio de causalidade que rege os acontecimentos e o comportamento dos personagens das tragédias era bastante semelhante, bastante afim à imagem da realidade que os espectadores de Ésquilo, Sófocles e Eurípides tinham. Embora já saibamos que, no caso de Eurípides (justamente porque Eurípides se relaciona com o mundo dos sofistas, que questionam a transcendência do mundo religioso), há uma tentativa de justificar o comportamento humano em função da psicologia. Coisa semelhante acontece com o mundo de Lope de Vega: em suas comédias de santos ou de temas bíblicos, ele constrói um mundo inclinado à intervenção da providência, onde acontecem milagres, onde os mortos ressuscitam para – junto com os santos – influir no desenvolvimento da ação.

Estou querendo dizer, com isto, que o conceito de figuratividade é relativo, o conceito de verossimilhança é relativo, e que, portanto, ao contrário do que se insiste em muitas poéticas e tratados de teoria literária, não existe uma noção imutável de realismo. Talvez uma tragédia de Sófocles fosse realista para os espectadores de Sófocles, porque seu conceito de verossimilhança estava ancorado na afinidade entre as leis que regem o mundo dos mitos e as leis que regem o mundo da história e da vida social. Então, acho que é muito importante levar em conta a relatividade da verossimilhança na hora de trabalhar sobre determinada fábula.

De fato, quando um dramaturgo contemporâneo (como Heiner Muller, Bertolt Brecht ou tantos outros) utiliza um tema mítico ou um tema histórico, está justamente introduzindo algumas leis de funcionamento da ação dramática que correspondam à nossa percepção, à nossa imagem atual da realidade. Assim, o comportamento de um dado personagem não estará determinado porque a deusa Vênus o condenou por ciúmes a sofrer tal padecimento, e sim porque tem uma paixão doentia que surge dele mesmo em relação a este ou àquele personagem da história. Ou então porque suas ambições políticas, numa circunstância socioeconômica concreta, o impulsionam a agir desse modo. Com isso, o dramaturgo aproxima o funcionamento dos personagens e dos acontecimentos da fábula ao critério de verossimilhança de seus contemporâneos. Mas, vale repetir: esse critério de verossimilhança está sempre mudando, inclusive num tempo bem curto.

Toda a questão dos anacronismos – que é um tema muito interessante, tanto na dramatização quanto na encenação – tem a ver com a noção de figuratividade. O anacronismo – de um elemento, de um comportamento, de um objeto, de um costume de uma época que o autor atribui a personagens de outra época ou de outro lugar – na verdade só funciona ou é percebido como tal desde tempos bem recentes, desde que temos uma certa consciência da historicidade. Torno a dizer que, para os espectadores do Século de Ouro espanhol, não era anacrônico que os senadores romanos fizessem uma serenata com violões para uma dama romana. Seu senso de historicidade não tinha a mesma consistência e o mesmo rigor que o nosso – e portanto para eles este recurso não era inverossímil.

Em nosso trabalho com relatos, devemos levar em conta, então, em que medida a fábula é regida por certos critérios específicos de verossimilhança – em relação às circunstâncias, ao comportamento dos personagens e à lógica que encadeia os acontecimentos – para identificar os possíveis anacronismos em que ela venha a incorrer. Mas também em relação a essas pequenas circunstâncias de espaço e de tempo, que correspondem à imagem da realidade, temos que decidir se vamos manter tais anacronismos e também tais "anatopismos" (irregularidades ou inverossimilhanças de caráter geográfico) em que às vezes os relatos incorrem, ou se, pelo contrário, vamos adaptá-los à nossa visão de mundo.

Outro aspecto que tem a ver com a figuratividade é o que se refere à linguagem, à fala dos personagens. Aqui seria o caso de nos perguntarmos pelo grau de desvio da língua *standard* que a fala dos personagens oferece, o grau de desvio da fala comum e corrente de uma determinada coletividade que é comum ao autor e aos espectadores. A figuratividade tem a ver também com o modo de falar dos personagens. Uma das anomalias mais maravilhosas de *Roberto Zucco*, de Bernard-Marie Koltés, é que os personagens são marginais, imigrantes, que vivem num meio lúmpen e, portanto, presumivelmente, com um vocabulário e um nível retórico mínimo. Apesar disso, Koltés os faz falarem com uma riqueza metafórica e uma complexidade sintática absolutamente impróprias, utilizando um procedimento não figurativo. Isso, muitas vezes, é um indício da liberdade pleiteada pelo autor, de não imitar a imagem convencional da fala dos personagem, transgredindo esse componente da estrutura dramática para provocar um efeito de estranhamento no espectador.

A última pergunta – que nos levaria a relacionar com a noção de mundo possível – seria: "Qual o grau de autoconsistência do sistema ficcional?". Em última instância, dado o caráter relativo que estamos atribuindo à noção de figuratividade, de verossimilhança, acho que podemos afirmar que aquilo que hoje para nós é a verossimilhança de um mundo poético – de um mundo ficcional – poderia ser chamado de *autoconsistência*. Ou seja, a coerência que existe entre as leis que regem esse mundo ficcional; o fato de que os diversos elementos desse mundo ficcional sejam regidos por certas leis autojustificadas, autossustentadas, que não são, talvez, as do nosso mundo, que não são as da realidade, tal como a percebemos, mas que são absolutamente rigorosas dentro desse mundo ficcional. Num determinado momento, um autor pode inventar um comportamento da realidade deslocado em relação à nossa visão de mundo, mas se todos os elementos que formam esse microcosmos são regidos por um sistema consistente de leis, esse mundo ficcional será verossímil. Quer dizer: será coerente, porque é autoconsistente.

Isso não é nenhuma novidade. Cada gênero tem um grau de autoconsistência: quando lemos um conto infantil, temos que abdicar de nossa visão de realidade, de nossas leis do mundo. Todo esse mundo ficcional que tem algumas leis inverossímeis – mas que, em compensação, são autoconsistentes – tem uma coerência intrínseca. Cada gênero tem algumas propriedades, algumas normas que – se forem coerentes, se o autor as respeitar no sentido de fazê-las funcionar com rigor – permitem que o espectador aceite o mundo que percebe como coerente, como verossímil: como figurativo.

Para este tema, tem-me sido útil a noção de *mundo possível*, que Umberto Eco introduz em *Lector in Fabula*, e que vem sendo utilizada também por outros críticos. Podemos resumir dizendo que essa noção põe o mundo ficcional criado, por exemplo, por um relato ou por uma peça de teatro em relação com aquilo que denominamos mundo real. É fundamental não esquecer que o que chamamos de realidade é uma imagem construída culturalmente, socialmente. E que o nosso mundo real não é o mesmo mundo real dos árabes – por exemplo –, nem é o mesmo mundo real dos aborígenes do Amazonas, etc. A noção de realidade, portanto, também é relativa e variável.

Chamaremos então de *mundo possível* o conjunto de sujeitos, lugares, propriedades dos sujeitos e dos lugares, ações, comportamentos, fenômenos, leis e causas que os regem, etc., que se articulam num determinado texto. *Mundo possível* é, assim, um mundo parcial em relação ao *mundo real*. Parcial, inclusive, em relação ao mundo real de qualquer espectador dado, por mais limitada que seja sua experiência de vida. O mundo possível é sempre uma pequena fração em relação ao mundo real. E, além disso, como já dissemos, pode ser regido por suas mesmas leis e propriedades – naquilo que chamamos de "realismo" – ou pode modificar algumas das leis que agem no que é considerado como mundo real.

Eis um exemplo pessoal. Eu, que não acredito na vida depois da morte, posso decidir que o personagem de Carmela, em *Ai,*

Carmela!, retorne da morte, fale com Paulino, lute com ele, coma uma maçã que o padre lhe deu no além... e que depois Paulino possa provar essa maçã. Eu – como escritor – posso inventar um mundo no qual as coisas não ocorram como eu – indivíduo histórico – sei que ocorrem na realidade. Mas se conseguir fazer com que esses comportamentos e essas leis que invento sejam autoconsistentes, o mundo criado provavelmente poderá funcionar: e poderá ser aceito pelo espectador.

Pois bem, se o escritor construir um *mundo possível* totalmente alternativo ao mundo real – embora um mundo possível que não tenha nada a ver com o mundo real dificilmente seja concebível e, provavelmente, dificilmente será compartilhável –, terá que definir todas e cada uma das leis, componentes e propriedades que regem esse novo mundo, já que o espectador não poderia utilizar sua enciclopédia experiencial para entender seu funcionamento.

Muitos dos movimentos vanguardistas do teatro – os futuristas, os dadaístas, os surrealistas e alguns dos autores do chamado teatro do absurdo – efetuaram múltiplas transgressões nessa relação *mundo possível-mundo real*, mas se formos analisar suas obras veremos que muitas das leis que regulam os mundos inventados por eles são, em alguns casos, completamente alternativas, mas nunca todas elas.

A distância entre *mundo possível* e *mundo real* é uma distância que não se pode medir. Mas parece evidente que, quando se alonga de uma forma excessiva – e não posso dar um grau à palavra "excessiva" –, alguma coisa se quebra e a comunicabilidade do texto fica rachada. Quando se incrementa excessivamente o fator de distância, de diferença e de alternatividade das leis do mundo possível em relação ao mundo real, a comunicabilidade começa a se tornar problemática. E, portanto, não apenas a aceitação do receptor, mas também sua simples assimilação, sua simples compreensão, enfraquece extraordinariamente. Estamos pedindo ao receptor a renúncia excessiva à sua própria enciclopédia, uma entrega excessiva a leis que não são as suas, e se tais leis não são autoconsistentes, se o mundo possível que ele desenha não possui uma intensidade, uma complexidade, uma tragicidade e um humor suficientes, é provável que o receptor quebre o pacto – um pacto de comunicabilidade entre o palco e a plateia – e se distancie.

Para encerrar esta pequena reflexão que fizemos, gostaria de enfatizar que podemos falar de mundos mais *possíveis* ou menos *possíveis*, mas sua possibilidade dramática não depende tanto de sua maior ou menor distância em relação ao mundo real quanto de sua *autoconsistência*. A essa noção, eu acrescentaria a de reversibilidade. Chamo de *reversibilidade* de um *mundo possível* a sua capacidade de dizer alguma coisa sobre o *mundo real*. E ainda citaria uma terceira propriedade desejável: a *reatividade*, que seria a capacidade do mundo possível de sugerir modificações no *mundo real*. Estas três propriedades – autoconsistência, reversibilidade e reatividade – me parecem requisitos indispensáveis para a elaboração de um *mundo possível*, independentemente de sua maior ou menor distância em relação a um mundo real.

Vamos terminar com isso o capítulo sobre a dramaturgia fabular ou historial. O exercício que estou propondo realizar na oficina – e que deriva destas considerações – é o de tentar um projeto de escrita dramática, de transposição para a forma dramática, do texto de Bernhard. É importante que, nesse projeto, todos os componentes da fábula de "Suspeita" estejam presentes de alguma maneira. Sugiro que procedam operando através de perguntas – vejam o esquema inicial – que permitam articular a ação dramática com a fábula, de acordo com os âmbitos de investigação indicados.

Uma alternativa a esse exercício, aplicada a um texto não narrativo, consistiria em abstrair, por exemplo, a fábula de *Romeu e Julieta*, ou a de *Édipo Rei*, e ver que tipo de ação dramática poderia ser organizada de acordo com a configuração dramatúrgica do texto originário. Podemos tentar outro jogo: escrever a fábula de Édipo Rei em uma página e imaginar que Shakespeare pegasse essa história e fizesse um texto segundo sua própria noção e seu próprio sistema de ação dramática: cinco atos, uma multidão de espaços, uma multidão de lugares, uma multidão de personagens secundários, etc. Veríamos como – apesar de a fábula ser a mesma nos dois casos – a poética de Sófocles dá lugar a um tipo de textualidade e a de Shakespeare a outra bem diferente. E se Brecht a pegasse, novamente daria lugar a outra modalidade de ação dramática.

Dramaturgia discursiva

Vamos chegar a outro tipo de intervenção dramatúrgica, que chamo de discursiva para acentuar, como já foi dito antes, que o aspecto a ser privilegiado na transposição do texto narrativo para o palco é o do discurso, e não o da fábula.

Quero aproveitar para dizer que a opção por uma dramaturgia discursiva não é nem caprichosa nem estranha. O teatro contemporâneo renuncia com muita frequência à fábula, renuncia a contar histórias. E também a narrativa contemporânea frequentemente renuncia a contar, e assim encontraríamos muitos relatos e romances nos quais a história é praticamente insignificante. Dessa constatação, podemos depreender a necessidade de perguntar sobre as ferramentas que vão nos permitir aplicar a intervenção dramatúrgica a textos narrativos que não baseiam seu interesse na fábula.

É extremamente frequente o caso de diretores ou dramaturgos que, em busca de textos para adaptar ao teatro, ficam estagnados numa concepção clássica e tradicional da narrativa e procuram relatos e romances onde haja episódios claramente desenhados, um argumento bem consistente, personagens, lugares, diálogos abundantes, etc., e acabam deixando fora de sua busca textos de extrema importância, mas nos quais não se encontra um esqueleto fabular. É aqui que pode agir um tipo de intervenção dramatúrgica que prescinda da fábula para tentar dramatizar o discurso. Porque – repito – em boa parte dos relatos contemporâneos o discurso é o essencial, e às vezes a fábula fica reduzida a um mero pretexto narrativo.

MODALIDADES DISCURSIVAS

A narratologia estabelece uma primeira distinção da voz do relato em modalidades discursivas: narração, descrição, diálogos, monólogos ou solilóquios e toda uma série de recursos discursivos que poderíamos chamar pelo nome genérico de comentários – quer dizer, tudo aquilo que numa relação não é narração propriamente dita, ou seja, menção de acontecimentos, atos e episódios, e também não é descrição de lugares, paisagens, personagens, objetos, nem é fala dos personagens em interação.

Também faz parte desse nível do discurso a *ordem temporal* em que os acontecimentos são apresentados. Essa ordem temporal pode coincidir com a linha do tempo da fábula: teríamos assim o caso de um relato em que a temporalidade da expressão se apresenta de um modo *diacrônico* em relação aos acontecimentos da fábula – ou seja, os acontecimentos são apresentados no relato em sua ordem sucessiva de ocorrência no tempo. Mas o discurso também pode apresentar os acontecimentos de um modo *anacrônico*, alterando a exposição dos acontecimentos em relação à ordem temporal em que ocorreram. Dentro da ordem temporal anacrônica, encontramos novamente duas modalidades de anacronismo: retrospectivo e prospectivo. Quando o autor salta para trás na linha do tempo, para nos dar informações a respeito de um antecedente de um personagem ou de um fato, estamos diante de um efeito de anacronismo retrospectivo. Mas o narrador também pode utilizar um recurso anacrônico prospectivo, adiantando, num momento da narração, consequências ou aspectos de acontecimentos futuros na linha do tempo. Todas essas estratégias do narrador definem de um modo preciso a própria natureza da voz narrativa que fundamenta o relato.

Por exemplo: uma das especificidades – que se transforma, propriamente, num de seus maiores atributos – do discurso narrativo kafkiano é que o narrador nunca vai além da percepção e da vivência que seu personagem principal tem sobre os acontecimentos. Este seria o caso de um narrador limitado. Limitado sem nenhum sentido pejorativo – muito pelo contrário: este é um recurso altamente intensificador da vivência do leitor. Poderíamos dizer que o leitor está no próprio limite da consciência, do olhar e da experiência do personagem. Mas pode haver – e em muitos relatos há – um narrador onisciente que está acima do tempo e dos personagens, e que conhece o que aconteceu, o que acontecerá, as motivações secretas, as reflexões mais íntimas dos personagens, etc.

O âmbito do discurso é muito mais completo. Estamos mencionando aqueles elementos que costumam ser usados de um modo mais recorrente e constante na análise tradicional. Da mesma forma que fizemos em relação à dramaturgia fabular, vamos trabalhar com um novo relato de Thomas Bernhard, "No Asilo", de uma complexidade muito maior. Em sua análise, iremos mencionando outros procedimentos narrativos que o próprio texto de Bernhard descobrirá para nós. E já que estamos utilizando esse texto como exemplo de uma dramatização discursiva, tentaremos desvelar que tipo de teatralidade poderia dar conta melhor desse nível do discurso. Porque, definitivamente, o que é teatralizar um texto senão construir um contexto dramático – e portanto cênico – no qual o máximo de elementos do relato ganhem presença e consistência cênica? Se descobrirmos para determinados textos um contexto dramatúrgico proveniente do nível do discurso e conseguirmos traduzi-lo numa proposta cênica coerente, veremos como o produto resultante provavelmente estará mais próximo do efeito que o autor produziu em nós como leitores – já que o efeito que um texto produz no leitor não depende tanto da fábula, não depende tanto da história contada, mas do modo como o narrador a conta.

Primeiro caso de dramaturgia discursiva:
Identificação de narrador e narratário, como elemento de dramatização discursiva

NO ASILO, DE THOMAS BERNHARD

– Gostaria de levá-la um dia comigo ao asilo – disse o pintor. – Talvez seja bom que uma pessoa como você, ainda sem experiência (não estou errado, não é mesmo?) – disse –, dê pelo menos uma vez uma olhada numa das misérias humanas mais entristecedoras que existem, no tumulto da balbuciante incapacidade senil. Não acho que você vá se assustar tanto que eu precise levar as mãos à cabeça e dizer a mim mesmo: "Ah, não! Não deveria ter feito isso, levá-la até ali, confrontá-la com os hidrocéfalos, os rostos dos alcoólicos, as pernas inchadas dos fumantes, a estupidez católica dos pensionistas. A velhice é simplesmente voraz – disse o pintor –, os velhos são pupilos do diabo; as velhas, prostitutas do céu! E tudo isso sem defesa possível! E essa hediondez – disse o pintor –, quando a gente entra no asilo, não sabe se é de maçãs ou dos peitos podres dos comerciantes de comestíveis. A gente quer prender a respiração – disse o pintor –, prender a respiração pensando em tudo o que ainda terá a impertinência de vir! Mas logo a gente fica com o peito cheio de podridão.

De repente, a gente não consegue respirar, não consegue mais respirar a sujeira, a velhice, o fedor do monstruosamente supérfluo, aquele melancólico e sufocante cheiro de pus. Pois então – disse o pintor –, eu a levarei comigo. Eu a conduzirei até ali. Você fará sua reverência à superiora. Contará a ela suas histórias, as histórias de sua vida, e eles também lhe infligirão uma. Eles a despedaçarão! Os velhos são os ladrões de cadáveres dos jovens. A velhice é um roubo de cadáveres. A velhice se empanzina de juventude – disse. – Uma vez vou ao asilo e me sento ali – diz o pintor – e me trazem pão e leite, e querem que eu beba também aguardente, mas eu digo, não quero aguardente, não, não, nada de aguardente, eu digo, aguardente de jeito nenhum, e resisto, e no entanto eles enchem meu copo, eu não bebo, eu digo, não, não, eu não bebo, e a superiora torna a colocar a aguardente na garrafa, e eu sei que ela quer dinheiro, todos aqui querem dinheiro, o povoado inteiro quer dinheiro de mim, a população inteira, todos querem alguma coisa, todos me tomam por tolo, por infinitamente tolo, porque alimentei todos eles, alimentei todos eles durante anos, com propostas, respostas, com sugestões, subsídios e subvenções, com dinheiro, sim, também com dinheiro, joguei muito dinheiro, joguei muito dinheiro nesse buraco sujo... Assim, portanto, eu vou – disse o pintor –, recuso a aguardente e escuto aquela mendicância, escuto que deveria lhes dar um auxílio, um "modesto auxílio", que "o Senhor" me "considerará muito" (que senhor?), e escuto tudo aquilo e olho a superiora e escuto como ela mexe com os pés na máquina de costura, como ela mexe na máquina e puxa na direção de seu peito uma desgastada camisa de homem, passando-a sob a agulha, e depois, sem dúvida, um paletó, eu olho seu rosto, seu rosto largo e fofo, as mãos inchadas, suas unhas sujas e compridas, olho-a debaixo de sua touca, debaixo da touca branca como a neve e penso: "Ah, assim é a vida no asilo, é sempre a mesma vida, essa vida que costuram juntos e bebem pequenos goles juntos, comem juntos, rezam juntos, mentem juntos, dormem juntos e se embriagam juntos. É essa vida, penso, que ninguém pensa em mudar, e na qual ninguém pensa, a vida da adversidade que o mundo recusa". Saiba você – diz o pintor –, fico uma hora ali e me mostro disposto a dar uma ajuda para um velho, um velho tanoeiro de cabelos brancos, saiba você, com calças de couro e paletó regional, com camisa de linho, com um gorro de pele na cabeça, mostro-me disposto a comprar da madre superiora o calendário de São Severiano, um desses repugnantes produtos do subempobrecimento clerical, e então reparo que há um homem deitado no banco perto da parede, totalmente imóvel, saiba você, com o calendário de São Severiano sobre o peito.

O homem está detrás da superiora e eu penso, esse homem está morto, realmente, esse homem está morto, digo a mim mesmo, me pergunto, esse homem deve estar morto, tem a aparência de um homem morto, velho e morto. Penso, como é que pode ser que eu não o tenha visto esse tempo todo, não tenha visto esse homem morto, está estirado ali, com pernas finas e duras, como que metidas na goela da eternidade. Eu me digo, mas se não pode haver um morto aqui! Não aqui! Não agora! Na escuridão, não vi esse homem o tempo todo, além do mais, porque a superiora monopolizou toda a minha atenção com seu fuxico sobre o calendário de São Severiano. "Nosso calendário de São Severiano beneficia os pobres do Congo, os pobres do Congo." Já estou ouvindo isso há uma hora, penso, e quero me levantar de um salto para ir até o morto, mas então vejo que o homem está se mexendo, de repente o homem do banco está se mexendo e levanta até seu queixo, para poder ler o calendário de São Severiano que tem sobre a barriga. Isso quer dizer que o homem não está morto! Mas, apesar disso, penso, continua tendo aparência de morto, os mortos têm essa aparência, esse homem está morto! Vejo como ele mexe os braços, como folheia seu calendário, folheia esse calendário com avidez, mas seu corpo está completamente imóvel, e eu penso outra vez: está morto! Mas então ouço a respiração, a primeira respiração desse homem, a primeira respiração desse "morto". Estou assustado, estou assustado principalmente comigo mesmo por não ter notado o homem todo esse tempo. A superiora não tinha dito nada de que em seu quarto haveria outro homem. Nas trevas, não pude vê-lo. De repente, no fim de uma hora, vejo o corpo, a cabeça, as pernas talvez, porque realmente, por alguma razão, não sei, por conta de alguma coisa imperceptível mas suficiente para poder ver o homem, tudo ficou mais claro, talvez porque meus olhos tenham se acostumado de repente às trevas. (Os olhos não veem durante muito tempo, saiba você, e de repente os olhos veem.) De repente, meus olhos viram o homem, meus olhos veem esse morto. Ele estava ali deitado como um tronco. E o tronco respirava, o tronco respirava e folheava seu calendário. Então eu disse à superiora: "Tem alguém aí!". Mas ela não reagiu de maneira alguma. Continuou costurando uma manga que tinha pegado antes. "Tem alguém aí!", digo com mais clareza. Ela responde sem olhar para mim: "Sim, um homem", foi horrível a forma como ela disse. Pensei dizer: "Está ali como uma criança!". Mas falei: "Esse homem está ali atrás de você como um cão. O que ele está fazendo aqui?". Um homem assim não ouve, pensei em seguida, e por isso eu podia falar sobre ele com a superiora sem me preocupar. "Está lendo o calendário de São Severiano", eu disse, "embora não haja luz, quase não há luz." "Sim", disse a superiora, "está lendo o calendário de São Severiano". Tive que rir! Ri então, soltei uma gargalhada. Principalmente porque me lembrei que tinha confundido o homem com um morto, eu o tinha confundido o tempo todo com um morto, e também falei: "Tinha achado que ele estava morto". Tive que ficar de pé por causa da risada. "Morto!", exclamei, "Morto!". Foi então que eu me assustei de repente, compreende, por causa daquele rosto deitado nas trevas, como no espelho de água suja de um charco. "Esse homem está lendo nas trevas", eu disse. A superiora disse: "Ele sabe tudo, sabe tudo o que está no calendário. Aprendeu de cor", ela disse. Ela não se mexeu do lugar e pôs a máquina de costura para funcionar. "Ele sente medo quando não está comigo", ela disse, "então ele grita e alvoroça toda a casa. Se eu o deixo ficar aqui tudo fica tranquilo. Não vai demorar muito a se ausentar definitivamente". "Ausentar-se definitivamente", ela tinha dito. Quis que eu comprasse também para o velho alguns metros de flanela para camisas, mas eu disse que ia pensar no caso, que iria refletir sobre isso. Achei uma frescura que me pedisse além disso alguns metros de flanela para camisas.

Então, imóvel em sua máquina, saiba você, ela me falou sobre sua infância. Seu pai foi esmagado por um trator, saiba você, seu irmão caçador deu um tiro na cabeça, cansado do mundo. Por monotonia. Ela tem um tipo opulento, inchado – disse o pintor. – Mas ainda preciso lhe contar o mais importante: assim então eu estava ali e ia justamente me despedir quando um barulho tremendo me fez dar um pulo naquele momento. O velho tinha caído do banco... e estava morto.

– A superiora fechou seus olhos e me pediu que a ajudasse a tornar a colocá-lo de volta no banco. Ajudei, tremendo. Agora estou respirando o ar do morto, pensei, e me despedi. Durante todo o caminho de casa, tive essa sensação: estou com os pulmões cheios de ar do morto. Eu não tinha me enganado, não tinha me enganado todo esse tempo: o homem estava morto, o homem estava morto todo esse tempo. Talvez seus movimentos, aqueles que eu tinha visto, fossem apenas representações fantásticas de minha parte, ele sempre tinha estado morto, nada mais do que morto todo o tempo, enquanto a superiora costurava seu paletó e sua camisa, porque tinha sido sua camisa, porque tinha sido seu paletó e tinha sido sua camisa o que ela havia movimentado de um lado para o outro debaixo da agulha, com expressão de desgosto no rosto. E já muito tempo antes de eu chegar ele estava morto. Pode-se imaginar isso com certeza. – O pintor deu um passo para trás e desenhou alguma coisa na neve com um pau. Logo me dei conta de que se tratava de um esquema do quarto da superiora do asilo. – Aqui ficava o banco onde o morto estava deitado, aquele que eu não tinha visto durante horas embora pudesse tê-lo tocado com a mão, aqui ficava a máquina de costura, aqui a superiora estava sentada, aqui fica o armário, saiba você, aqui a cama da superiora e aqui sua cômoda. Aqui, veja, eu tinha me sentado. Entrei por ali, pela porta, e cumprimentei a superiora, aproximei-me dela e ela começou imediatamente a me falar sobre a ajuda, sobre o calendário de São Severiano. Eu sabia que lhe daria a ajuda e compraria o calendário, mas continuei lhe dando corda. Achava que estava sozinho com ela no quarto, quem haveria de imaginar que no quarto da superiora havia também outro homem, mas tive uma sensação estranha, uma sensação que não consigo descrever. Então tudo ficou claro, de repente vi a silhueta rígida do velho. Disse também "como um cão" à superiora. Ela até repetiu "como um cão". O fato de que o homem fosse completamente surdo fez com que eu desse a gargalhada. Aqui, veja – disse o pintor, traçando

> um círculo entre o banco e a máquina de costura –, aqui, neste ponto, estava o morto quando nós o pegamos. Tudo parece extremamente estranho e não se pode descrever direito, não se pode de maneira alguma. Mas estou lhe contando esse incidente só porque, ainda que dessa forma imperfeita, ele dá uma ideia da misteriosa irresponsabilidade do mundo. Um dia destes – disse o pintor – iremos ao asilo. Uma pessoa jovem precisa ver o que significa sofrer, sofrer e morrer, o que significa apodrecer em vida. – Estávamos indo rapidamente para casa. De repente, o pintor se adiantou a mim. Com uma inquietante velocidade senil. Eu gritei para ele: "Espere! Espere!". Mas ele não me ouviu. Desapareceu diante de mim numa das muitas profundezas.

Esse relato me dominou desde a primeira vez que o li: não apenas por sua temática, pelo ambiente que cria e pelos personagens que aparecem, mas sobretudo por sua discursividade, por essa técnica narrativa peculiar que é, ao mesmo tempo, profundamente teatral. Produziu em mim a sensação de estar cheio de imagens, situações e personagens que têm por si só uma fisicalidade profundamente dramática, cênica. Minha primeira tentação, a primeira operação que me ocorreu, foi transformá-lo num monólogo – não somente por sua fisicalidade dramática, mas pelo próprio caráter do discurso do pintor, por seu estilo retórico, que achei também bem teatral. Sua fala é demente, obsessiva, reiterativa, com muitas propriedades do discurso oral, e apela imediatamente para sua enunciação por um ator.

Mas, quando empreendi a análise do discurso, me dei conta da insuficiência dessa primeira proposta. Ainda por cima, a teatralidade que as reiteradas explorações do texto me sugeriam desviava-se das rubricas e códigos habituais da representação. Depois de realizar uma série de tentativas de dramatização, deparei-me com um aspecto da estrutura do discurso que me permitiu elaborar uma proposta, até aquele momento não realizada, baseada na *relação Narrador-Narratário*, conceito-chave da narratologia, mas ao mesmo tempo útil para nós, dramaturgos, quando trabalhamos com os relatos.

NARRADOR / NARRATÁRIO

Para apontar a complexidade comunicacional que todo texto instaura no nível do discurso, os narratólogos propõem o seguinte esquema para a relação entre Autor e Leitor reais, Autor e Leitor implícitos e Narrador e Narratário:

TEXTO				
AUTOR REAL	Autor Implícito	NARRADOR-NARRATÁRIO	Leitor Implícito	LEITOR REAL

Se considerarmos um texto como um objeto comunicacional, podemos identificar no processo de escrita o Autor Real – no nosso caso, Thomas Bernhard –, que é uma realidade extratextual; e, no processo de leitura, o Leitor Real, quer dizer, eu, você, ou qualquer um dos milhares de leitores existentes ou por existir, que também somos realidades extratextuais. Pois bem: no interior do texto, encontramo-nos com o Autor Implícito, que é uma espécie de "delegado" do Autor Real e que organiza seus recursos, suas estratégias narrativas, em função do Leitor Implícito, destinatário específico de seu discurso, também contido no texto. Mas, em muitos relatos, além do Autor Implícito e do Leitor Implícito, a voz do Autor Real se concretiza ainda mais na voz de um *Narrador*, que por conta disso apela à existência de um *Narratário*, ambos também no interior do texto. De fato, este seria o circuito completo de escrita e leitura: o Autor Real gera um Autor

Implícito que frequentemente adquire a identidade de um Narrador. O Narratário seria o destinatário interior do texto — frequentemente também com função e identidade ficcionais —, que não tem que se identificar obrigatoriamente com o Leitor Implícito. Finalmente, quem fecha o circuito comunicacional é o Leitor Real.

Para aqueles que não ingressaram no campo da narratologia, o esquema pode parecer um pouco obscuro. E é preciso admitir que, em determinados textos, não é fácil definir exatamente qual seria a identidade do Autor Implícito, ou a do Narrador ou Narratário. Mas vejamos um exemplo em que esses diferentes componentes se alinham com nitidez.

Em *Lazarillo de Tormes*, não sabemos quem é o Autor Real: há muitas hipóteses que tratam de atribuir essa obra a este ou aquele, mas nenhuma é absolutamente demonstrável. O Autor Implícito, no entanto, é evidente: trata-se de alguém possuidor de um vasto saber no âmbito da cultura clássica, mas também no da literatura tradicional popular e até no da cultura latina medieval. Um pesquisador já reconstruiu o que poderia ser a enciclopédia cultural do autor do *Lazarillo*, simplesmente relacionando o saber contido na obra com uma hipotética biblioteca humanística de sua época. Mas o que acontece além disso no discurso do romance? Exatamente que o Autor Real inventa, além do mais, um Narrador, Lázaro de Tormes: um rapaz sem nenhuma cultura, nascido e criado na rua, que vive uma série de aventuras... e as narra numa estranha autobiografia. É evidente aqui que o Autor Implícito e o Narrador não são a mesma pessoa. O Autor Implícito põe na boca do Narrador – que é também personagem e protagonista – uma série de referências literárias que esse narrador-personagem nunca poderia ter. Mas não é só isso: o Autor Real cria um Narratário que também está presente no texto, e é esse misterioso "Vossa Mercê" a quem Lázaro se dirige em várias ocasiões. Há, pelo menos, cinco ocasiões em que ele o interpela chamando-o de "Vossa Mercê". No começo, o Leitor Real pode identificar essa interpelação como sendo dirigida a ele, recurso habitual na literatura da época, e nesse caso esse "Vossa Mercê" seria uma variante do Leitor Implícito, algo assim como um "emissário" intratextual do Leitor Real.

Mas acontece que, no último Tratado – ou capítulo –, quando Lázaro explica que está aceitando sua atual situação de cornudo, porque sua mulher o engana com aquele que a conheceu como tal – quer dizer, o padre –, quando justifica essa situação, falando sobre o padre, diz: "... *a quem Vossa Mercê conhece muito bem*". Ou seja: neste ponto do relato, o Narratário é identificado como amigo ou conhecido desse clérigo. Quer dizer: o Narratário tem existência no universo do relato, nesse mundo de ficção em que o próprio Lázaro existe. Aqui, a função do Narratário se desembaraça completamente da identidade do Leitor Implícito.

Francisco Rico, professor da Universidade Autônoma de Barcelona, tem um estudo sobre o *Lazarrillo* em que dá uma interpretação bem interessante do sentido do texto, a partir da relação que se estabelece ali entre Narrador e Narratário. Diz que Lázaro conta a "Vossa Mercê" todos os episódios, todas as misérias e decepções de sua vida, para justificar a condição final de cornudo satisfeito, como se quisesse dizer: "*Eu, com tudo o que vivi e com tudo o que vi, sei que a honra é apenas uma grande palavra, que os valores éticos são importantes mas* não alimentam, que a hipocrisia reina por onde quer que se vá... Pois agora, pelo menos, como bem, sou feliz, visto-me com decoro, etc. Que me importa o que digam sobre minha honra?". Ele está, portanto, justificando-se diante do Narratário que identificamos como "Vossa Mercê", apelando para uma espécie de cumplicidade que não o envergonha, porque é uma consequência da desonra generalizada que ele nos mostrou em sua autobiografia – a desonra social.

Se eu tivesse que fazer uma dramaturgia de *Lazarillo de Tormes* – e sei que muitas já foram feitas – destacaria esse sentido de confissão e justificação. Quer dizer, definiria um Narrador provavelmente já maduro, contando a esse "Vossa Mercê" sua vida e, em determinados momentos, concretizaria através de um personagem – que é Lázaro criança ou Lázaro jovem – alguns dos episódios mais significativos. Mas aquilo a que daria ênfase seria a essa espécie de confissão vergonhosa – mas, ao mesmo tempo, justificadora – sobre por que aceita a situação desonrosa de ser um marido cornudo. Essa seria a matriz discursiva e, portanto, a matriz dramática a partir das quais se materializariam os episódios mais consistentes para apoiar essa visão crítica da realidade, e que estariam dramatizados em forma de diálogos ou de situações de interação.

Para que tudo isso não fique num nível exclusivamente teórico, vamos tentar uma primeira aproximação desses conceitos na análise de "No Asilo". É preciso fazer constar, portanto, que esse tipo de dramaturgia, mais do que a dramaturgia fabular, requer uma operação analítica prévia – não uma simples leitura do texto que nos projete imediatamente soluções dramáticas, mas um desvendamento em que é justamente o tecido que dá sentido e forma ao discurso. E a análise do discurso, como sabemos, é um âmbito importante da linguística contemporânea que tem aplicações bem diretas no campo da crítica literária.

ANÁLISE DE "NO ASILO"

O que acontece no texto de "No Asilo"? Numa primeira leitura, de fato, percebemos a existência de um Narrador e de um

Narratário. O Narrador é um velho pintor (já que no penúltimo parágrafo se diz que "... *de repente o pintor se adiantou com uma inquietante velocidade senil...*"), que está narrando uma visita ao asilo, alguns acontecimentos determinados, a uma figura que chamaríamos, sem dúvida, de Narratário. Sabemos que em muitos textos a figura do Narratário não está sequer insinuada, mas aqui aparece no próprio discurso do Narrador: primeiro, quando ele diz: "*talvez seja bom que uma pessoa como você...*", onde se designa uma segunda pessoa inserida no texto como destinatária do relato do pintor. E em seu discurso se concretiza o resto: "*uma pessoa como você, ainda sem experiência...*"; mais adiante, ele diz: "*levá-la até lá...*", e aparece então o gênero do Narratário: trata-se de uma mulher. E por último: "*uma pessoa jovem como você*". Como vemos, o próprio discurso do Narrador vai configurando a figura do Narratário.

Vou avançar entrelaçando a análise com minha própria relação com o texto, com meu próprio processo de chegar a uma proposta dramatúrgica. A partir da constatação da existência de uma dupla figura Narrador/Narratário – pintor velho/mulher jovem –, define-se um discurso narrativo proferido por um personagem, que é um velho pintor, e dirigido a uma jovem. Portanto, já temos a dualidade comunicativa fundamental, tanto do ponto de vista literário (Narrador-Narratário) quanto do ponto de vista teatral (personagem monologante-receptor ou interlocutor de seu monólogo). Há muitos textos dramáticos em que aparece essa figura de um *ouvidor*: um personagem cuja única função dramática consiste em permitir que o sujeito falante, o proprietário do discurso, dê rédeas soltas a sua loquacidade. Em alguns monólogos clássicos, a figura do destinatário está, por exemplo, do outro lado do fio de um telefone – como no caso de *A Voz Humana*, de Cocteau; ou então está na extracena – como é o caso de *Before Breakfast* [Antes do Café], de O'Neill; ou então está presente com uma atividade verbal bem discreta – como é o caso de *O Homem com a Flor na Boca*, de Pirandello, onde o personagem que escuta o monólogo do protagonista diz três ou quatro frases ao longo de todo o texto, sem dúvida para dar certa verossimilhança a sua presença, meramente receptiva, que permite a fluência do monólogo. Em certos textos contemporâneos, como *A Noite Antes da Floresta*, de Koltés, o *ouvidor* tem uma entidade dramática tão vaga que mal alcança o estatuto de personagem. Aqui, em nosso texto de Bernhard, teríamos portanto um esquema clássico, proveniente da análise da dualidade comunicacional *Narrador/Narratário*.

Mas, antes de prosseguir, não vamos nos esquecer de que se trata de dois conceitos pertencentes ao âmbito da narratologia, quer dizer, da ciência dos relatos. Ao passarmos para o âmbito da dramaturgia, nesse momento de transição de níveis do discurso narrativo para conceitos e funções dramáticas próprias do discurso teatral, precisamos levar em conta que neste (no discurso teatral) não existe relação sem interação. Não basta, portanto, "instalar" no texto a figura de um *ouvidor* suscetível de receber passivamente o discurso monologado do personagem que narra. É preciso estabelecer entre os dois uma determinada – e complexa – situação interativa para que os mecanismos da teatralidade funcionem. Até mesmo se resolvermos que o destinatário do relato – o *Narratário* – é o público, como na minha versão de *Primeiro Amor*, de Beckett, sua mera presença implica uma função teatral que afeta e modifica o personagem narrador e, portanto, dinamiza todo o processo comunicativo.

Continuando com "No Asilo", fica claro que concebemos um personagem que monologa e um personagem que escuta e que, de alguma forma, provoca (com sua presença e sua escuta) a intenção comunicativa do narrador. É evidente que deve haver uma determinada motivação: o fato de que quem escuta seja uma mulher jovem e que o velho pintor esteja falando das misérias do asilo já tem um significado dramático suscetível de ser questionado. De fato, isso foi a primeira coisa que me chamou a atenção: um velho pintor que está narrando o sombrio quadro da fronteira entre a vida e a morte a uma mulher jovem, como que para fazer com que ela reflita sobre o destino comum dos mortais e, principalmente, fazendo com que ela constate o esquecimento que recobre a fase terminal da vida, o que ele chama enfim de "*a misteriosa irresponsabilidade do mundo*".

Mas devemos reparar que o contexto narrativo dessa relação não é de maneira nenhuma abstrato, como pode acontecer em outros relatos. Em *Primeiro Amor*, por exemplo, embora exista uma relação muito concreta entre o Narrador e o Narratário, não nos é dito nem onde nem quando essa interação acontece. Aqui, em compensação, o âmbito em que a relação se produz está contextualizado – está, como se poderia dizer, *indexicalizado*: há uma série de indícios que nos falam de um entorno campestre. Os personagens estão no campo, dando um passeio. A paisagem está coberta de neve, e existem nela "*muitas profundezas*". Portanto, vemos que, ao extrapolá-la para o terreno teatral, a relação comunicativa entre o pintor e a mulher jovem tem lugar num limite concreto: num campo nevado, durante um passeio.

Quando comecei a trabalhar sobre essa imagem cênica, percebi que o passeio representaria certa dificuldade para uma versão dramática. Então, que outra relação cênica um velho pintor e uma jovem poderiam ter? Abandonando o puro rigor analítico, surgiu-me uma ideia propriamente criativa, que não se depreendia do próprio texto, mas que pressupunha uma espécie de inferência arbitrária: o pintor e a jovem tinham uma relação de artista/modelo. De uma forma inexplicável, quase diria inconsciente, vi um pintor vestido com um casaco bem grosso e um cachecol diante de um cavalete e uma tela de linho, e uma jovem modelo nua na neve. O monólogo aconteceria numa situação cênica em que o pintor, ali no campo, evidenciando com sua atitude que está fazendo um frio espantoso, está falando sobre a morte e sobre a passagem da vida à morte para uma jovem modelo. O contraste entre a beleza de um corpo feminino despido e esse quadro sinistro e sombrio da morte que o pintor nos apresenta com seu relato poderia produzir uma forte tensão dramática na mente do receptor.

Instalado nessa imagem – que era dramática e ao mesmo tempo cênica –, descobri que o texto funcionaria de uma forma essencialmente estática, já que entre esses dois personagens não acontecia nada, se eu me limitasse a colocar na boca do pintor todo o discurso e a jovem modelo ficasse deitada, escutando-o. E isso não é interessante do ponto de vista da interação. Então, para uma futura segunda fase do projeto – talvez para os ensaios, se o projeto fosse levado ao palco –, releguei a necessidade de inventar a relação que existia entre os dois personagens e que pudesse ocorrer durante esse tempo em que ele a estivesse pintando e narrando: que ações físicas os dois realizariam, que reações físicas a modelo teria, etc. Nessa fase posterior, seria preciso construir todo um subtexto de interações – sem acrescentar textos, sem inventar palavras – capaz de dotar a situação dos necessários requisitos de complexidade, dinamismo e progressividade, que identifico como sendo os três parâmetros da ação dramática.

Nesse meio tempo, eu era assaltado pela inquietação de que essa versão não dava conta de todos os componentes discursivos do texto. Eu intuía que havia um outro nível narrativo que estava sendo esvaziado, que estava sendo eclipsado em minha proposta: outra relação Narrador-Narratário que não conseguia aparecer nessa versão. Haveria então um outro âmbito narrativo que eu não estava conseguindo incorporar à minha proposta? Resolvi explorá-lo, e este é o resultado de meu questionamento.

Desde a primeira linha, aparece uma outra voz narrativa, que diz: *"disse o pintor..."*. Quem diz *"disse o pintor"*? Existem cerca de quinze inserções insignificantes dessa voz narrativa, que, no entanto, perto do final, ganha um pouco mais de relevância. De repente essa voz – que vinha permanecendo esfumada e leve – diz: *"o pintor deu um passo para trás e desenhou alguma coisa na neve com um pau. Logo me dei conta..."*. Subitamente, esse narrador, que até esse momento funcionava como aquilo que os retóricos latinos chamam de *verbo dicendi* – quer dizer, uma espécie de voz narrativa anônima –, aparece com a presença de uma voz narrativa e personalizada. E então descobrimos que essa voz também está narrando a alguém. Constatamos que quem está narrando nesse nível é quem – na situação narrativa do nosso relato – estava escutando. Portanto, o relato nos mostra outra figura de narrador, que ainda se desenvolve um pouco mais. Perto do final, quando a voz narrativa do pintor se extingue, é essa voz – a voz dela, da mulher jovem – que toma a palavra: *"estávamos indo rapidamente para casa; de repente, o pintor se adiantou a mim com uma inquietante velocidade senil. Eu gritei para ele..."*. Aparece, inclusive, uma função ativa desse narrador na evocação dos acontecimentos narrados: *"espere! espere!, mas ele não me ouviu, desapareceu diante de mim numa das muitas profundezas..."*.

Temos aqui uma estrutura narrativa que não é tão simples quanto parecia. Poderíamos imaginar que existe uma primeira relação comunicacional entre o narrador – o velho pintor – e sua ouvinte – a mulher jovem. Mas esta seria apenas a primeira concretização de uma relação Narrador-Narratário. Por cima disso, o texto mostra que essa comunicação narrativa implica um segundo Narrador, que é, também, outra vez, a jovem, e que está se dirigindo a um segundo Narratário (X) – que podemos supor que seja o leitor, mas isso não nos diz nada, já que, como sabemos, o Leitor Real não é uma figura textual. A matriz de comunicação narrativa – do pintor para a jovem mulher – está determinada em outro ato narrativo-comunicativo: da jovem narrando para alguém. Descobri que estava diante de uma estrutura narrativa parecida com as caixinhas chinesas:

1. Abre-se uma situação comunicativa entre o pintor e a superiora (é isso o que ele está contando: seu encontro com a superiora).
2. Mas essa relação comunicativa entre o pintor e a superiora está determinada numa nova relação comunicativa entre o pintor (vamos chamá-lo de P.1), que narra esse encontro para a jovem (J.1).
3. Essa situação, por sua vez, está determinada em outra instância narrativa em que a jovem (vamos chamá-la de J.2) narra a X, que seria o Leitor Implícito ou um Narratário indeterminado, o que o pintor lhe narrou sobre aquele encontro.

A partir dessa complexa estrutura discursiva, a tarefa do dramaturgo – pelo menos a que eu me propus – consiste, como nas equações matemáticas, em determinar X. Quer dizer: identificar quem é o X para quem a jovem narra aquilo que o pintor narrou a ela. Curiosamente, durante o processo, apareceu um procedimento que utilizei com frequência: o procedimento dos gráficos, que consiste em tentar encontrar um grafismo que sintetize e condense a estrutura interna de um determinado relato.

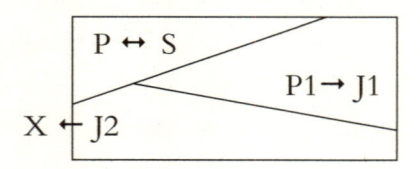

```
┌─────────────────────┐
│   P ↔ S             │
│          P1 → J1    │
│  X ← J2             │
└─────────────────────┘
```

Este gráfico tinha todo o aspecto de uma proposta cenográfica – mas na verdade era a tentativa de uma distribuição no espaço cênico da complexidade discursiva que tinha surgido para mim na análise. Na questão de espacializar a relação Narrador-Narratário do terceiro nível, abriam-se para mim duas possibilidades: transformar o público no Narratário ou destinatário da comunicação, ou então optar por um Narratário extracênico. Cheguei a desenhar, inclusive, uma imagem cênica a partir desse gráfico, levando em consideração que as situações narradas têm uma grande consistência dramática: por exemplo, o ambiente do quarto da superiora, o barulho da máquina de costura, a presença – a princípio invisível – do velho deitado...

A proposta cristalizou-se em três espaços cênicos, que são por sua vez três situações comunicativas e, definitivamente, três situações dramáticas, que correspondem aos três espaços textuais identificados através da análise do discurso:

1. Um espaço que configura a imagem – arbitrária – da paisagem coberta de neve, onde estão o pintor com seu cavalete e a jovem estendida sobre a neve. Aqui teria lugar a maior parte da situação comunicativa: o monólogo da narração do pintor à jovem modelo.

2. Um segundo espaço, no âmbito do asilo, onde, por alguns momentos, veríamos representado o encontro do pintor com a madre superiora. (É óbvio que, numa possível encenação, seria preciso recorrer a um segundo ator que interpretasse o pintor nessa situação, pelo menos se se quisesse jogar com a simultaneidade.)
3. Por último, um terceiro lugar, onde a jovem narraria a alguém (X), situado na extracena, todo o seu encontro com o pintor. (Aqui, também, teríamos que recorrer a uma segunda atriz, para interpretar a jovem. Uma atriz provavelmente mais velha, já que o que ela narra está sendo contado no passado.)

É este, portanto, o princípio de uma proposta de teatralização do relato: uma mulher madura está contando a alguém, a quem não vemos, um relato que um pintor lhe havia feito certa vez. A mulher está usando o estilo direto ao transmitir aquele relato, e, num determinado momento, o espaço do qual ela narra se apaga... e aparece um segundo espaço, no qual veríamos a situação em que o pintor está lhe contando aquilo que ela narra. A voz do pintor se sobreporia à voz da atriz mais velha, interpelando a modelo nua, que talvez a princípio o público não identificasse com a mulher que narra – mas o desenvolvimento da cena teria que permitir isso. E mais tarde poderíamos deixar de ouvir o relato do pintor à modelo para que em outro espaço se representasse o encontro no asilo, que é a situação evocada pela narração. Seria preciso, portanto, organizar uma verdadeira partitura textual, na qual palavra e imagem fossem se articulando de um espaço para outro, de um locutor para outro, numa rede de vaivéns no espaço e no tempo extremamente complexa, capaz de dar conta de todos os níveis e conteúdos do relato.

Como falei, esse é um projeto dramatúrgico ainda não realizado. Mas para concluir com ele, quero apontar uma interessante contribuição. Num seminário anterior, uma jovem autora me sugeriu a ideia de manter a situação narrativa da mulher mais velha como uma imagem relativamente incerta. E que no final – mas só no final – de seu relato, aparecesse a madre superiora em seu espaço, talvez para recolher um café com leite que poderia estar bebendo, com o que se esclareceria a incógnita do receptor a que chamamos de X. Apareceria também a possibilidade de manter do começo ao fim o som da máquina de costura, que me parece um elemento dramático interessante, um fator rítmico inquietante – na medida em que não sabemos de onde ele vem –, e que pode ser evocador na situação comunicativa que o pintor está transmitindo, mas também pode ser configurador do espaço onde se encontra a mulher que narra. Uma pequena ação muda fecharia a peça: a madre superiora entrou com um vestido nas mãos, a mulher mais velha tira a roupa e prova o novo presente, em total silêncio, já que o som da máquina de costura cessou momentos antes do aparecimento da freira. Estas já são soluções cênicas, é verdade – mas não posso separar completamente a atividade dramatúrgica da encenação.

<small>Segundo caso de dramaturgia discursiva:
As anomalias do discurso</small>

ADVOGADOS, DE FRANZ KAFKA

Não havia nenhuma certeza de que eu tivesse advogados – não conseguia verificar nada de concreto a esse respeito. Todos os rostos eram de recusa: a maioria das pessoas com que eu me encontrava vez por outra nos corredores pareciam velhas gordas; usavam grandes aventais azuis com listras brancas que cobriam todo seu corpo; esfregavam a barriga e se deslocavam pesadamente de um lado para o outro. Nem mesmo pude verificar se estávamos num palácio de justiça. Algumas coisas pareciam indicar isso e muitas outras negavam. Acima de todas as particularidades, o que mais me fazia lembrar um tribunal era um retumbar incessante que se ouvia ao longe; não era possível dizer de onde vinha; enchia de tal maneira todos os ambientes que se poderia pensar que vinha de todos os cantos – ou, o que parecia mais exato, que o lugar onde alguém estava casualmente era o verdadeiro lugar daquele retumbar. Mas certamente aquilo era um erro, porque o barulho vinha de longe. Aqueles corredores tão estreitos, com abóbadas simples, de percurso suavemente curvo, com altas portas decoradas com simplicidade, até pareciam ter sido criados para um profundo silêncio: eram os corredores de um museu ou de uma biblioteca. Mas, se não era nenhum tribunal, por que eu procurava aqui um defensor? Porque procurava em todos os lugares um defensor, em todos os lugares é necessário. Sim, num tribunal se precisa menos do que em qualquer outro lugar, porque um tribunal pronuncia seu veredicto de acordo com as leis, é o que se imagina. Se alguém admitisse que aqui se age com injustiça ou leviandade, a vida seria impossível: é preciso confiar que o tribunal deixe campo livre para a soberania da lei, porque esse é seu único dever. Na própria lei se encontra tudo: acusação, defesa e sentença – se uma pessoa interviesse aqui de maneira independente, seria um sacrilégio. Outra coisa é o que acontece com o estado de uma sentença: esta se baseia em comprovações daqui e dali, de parentes e de estranhos, de amigos e de inimigos, na família e em público, na cidade e na aldeia – numa palavra, em todos os lugares. Aqui, é uma necessidade urgente ter defensores, uma grande quantidade de defensores, os melhores defensores, um ao lado do outro, uma muralha viva, porque os defensores são, por natureza, lentos, mas os acusadores, em compensação, essas raposas astutas, essas doninhas ágeis, essas ratazanas invisíveis, enfiam-se pelos menores buracos, deslizam velozes por entre as pernas dos defensores. Cuidado, portanto! Por isso estou aqui: coleciono defensores.

Mas eu ainda não encontrei nenhum, só essas velhas que vão e vêm, de vez em quando. Se eu não estivesse procurando, dormiria. Não estou no lugar adequado: infelizmente, não posso evitar a sensação de que não estou no lugar adequado.

 Deveria estar num lugar onde se reunissem pessoas de todas as classes, de diferentes comarcas, de todas as profissões, de diferentes idades. Deveria ter a possibilidade de escolher cuidadosamente entre uma multidão os bons, os amáveis, os que têm um olhar voltado para mim. O mais apropriado para isso seria uma grande feira anual. Em vez disso, estou vagando por estes corredores onde só se podem ver velhas, que além do mais nem são muitas, e são sempre as mesmas – e mesmo essas poucas, apesar de sua lentidão, não deixam que eu as pare, escapam-me, flutuam como nuvens de chuva, estão absortas em ocupações desconhecidas. Por isso entro correndo numa casa às cegas, sem ler a plaquinha na porta, e me vejo imediatamente nos corredores. Sinto-me tão confuso que nem sequer me lembro de jamais ter estado diante da casa, de jamais ter subido as escadas. Mas não posso retroceder: essa perda de tempo, esse reconhecimento de um erro seria insuportável para mim.

 Como?! Descer correndo as escadas nessa vida breve e urgente, acompanhada por um retumbar incessante? É impossível. O tempo que concederam a você é tão breve que, se você perder um segundo, já terá perdido toda a vida. Porque sua vida não é mais longa: é apenas tão longa quanto o tempo que você perde. Portanto, se você começou um caminho, siga-o a qualquer preço: você só tem a ganhar, não está correndo nenhum perigo. Talvez você despenque no final, mas se você tivesse voltado atrás nos primeiros passos e tivesse descido correndo as escadas, você teria despencado no próprio começo, e não "talvez", e sim com toda a certeza. Assim, portanto, se você não está encontrando nada nestes corredores, abra as portas. Se não encontrar nada atrás das portas, há outros andares. E, se não encontrar nada acima, não importa: lance-se outra vez escada acima. Enquanto você continuar subindo, os degraus não acabam nunca: crescem para cima, debaixo dos seus pés que estão subindo.

A primeira vez que li esse relato ele provocou em mim a impressão de um dinamismo especial gerado pela linguagem, um dinamismo quase vertiginoso, e de uma tensão interior que impulsiona esse mecanismo. Senti o relato – e continuo sentindo-o – como uma manifestação de uma palavra narrativa habitada por um dinamismo teatral. Há uma forte tensão interior, apesar de estar falando apenas sobre ações físicas, ou pelo menos de uma ação física englobante: esse perambular permanente pelos corredores, esse subir escadas que nunca terminam; e a imagem final – impressionante – dos degraus que "*não acabam nunca*" e "*crescem para cima, debaixo dos seus pés que estão subindo*". Há também essa ansiedade permanente do homem e sua procura incessante por defensores – essa sensação de confusão, também, por não saber como entrou nesse lugar, se é realmente o lugar adequado ou não, porque parecem os corredores de um museu ou uma biblioteca. Mas então: "*...por que procuro aqui um defensor, se não é um tribunal...?*".

Encontramos, portanto, no relato, um movimento interno, que se materializa num movimento externo. Para mim, isso tem muito a ver com a substância de uma teatralidade que não é evidentemente uma teatralidade normal – baseada numa trama, numa fábula, numa história. O segredo dessa mobilidade se encontra no procedimento discursivo usado por Kafka, que faz com que alguma coisa nos mova, que alguma coisa nos afete. De fato, poderíamos dizer que, no nível historial, a fábula nos apresenta uma grande abundância de acontecimentos e pode ser resumida em poucas linhas: alguém que procura defensores entra em um lugar achando que é um tribunal de justiça; mas continua atravessando corredores e portas, subindo escadas, entre mulheres com aventais azuis de listras brancas que não parecem prestar nenhuma atenção nele. Aí a fábula se dilui: não há mais. Portanto, não é na fábula, mas no nível do discurso, que se enraíza essa sugestão de teatralidade. Mais ainda: nas anomalias do discurso.

A primeira anomalia – não num sentido pejorativo, mas justamente ao contrário –, em que a chave desse relato se enraíza, é apresentada no nível da temporalidade. Ele começa num tempo passado, contando um episódio já ocorrido; depois recorre a um tempo presente atemporal, para finalizar num presente atual: "*não perca tempo, não perca tempo, a vida não pode nos deixar assim...*". Uma manipulação do tempo, digamos por ora, oscilante.

Outro traço interessante do texto é a percepção imprecisa – e, portanto, não verificável – da realidade objetiva que constitui a matéria dos fatos narrados. Encontramo-nos aqui diante de um traço específico da narrativa kafkiana. Nela, ou a atmosfera está fisicamente rarefeita por obscuridades, fumaças e vapores que impedem a nossa percepção nítida dos limites objetivos da ação, ou então é o personagem que está impossibilitado para compreender e explicar a natureza da situação em que se encontra. A realidade com que Kafka nos confronta está sempre cheia de ocos. Trata-se de uma realidade da qual só percebemos algumas manifestações, mas nunca o sistema a que pertencem: nunca podemos compreendê-la completamente. Sempre estamos interpretando a realidade, sempre estamos emitindo hipóteses aproximativas e, provavelmente por causa disso, nossa atitude é errada. No mundo kafkiano, isso é uma constante. Os personagens kafkianos são lerdos em sua relação com o mundo: sempre se enganam, percebem mal – às vezes por causas físicas, e outras porque a realidade em si é equívoca e ambígua, e a interpretação que o personagem faz dessa realidade é duvidosa.

Outro traço anômalo do relato é que, no nível do discurso, produz-se aquilo que chamo de uma constelação de *dialogismos e duplicidades*. De fato, o sujeito enunciativo aparece desdobrado: em primeiro lugar, há um "eu" que prevalece, que articula dois terços do relato, mas, de repente, na última parte, este "eu" se extingue e gera um "você". "... é impossível, o tempo que lhe foi concedido é tão breve que se você perder...". Estamos numa segunda pessoa. Aqui se produz, portanto, um desdobramento do sujeito narrativo e aparece um "você". Ainda que possamos nos sentir interpelados, fica evidente que esse "você" é o próprio sujeito narrador, interpelado por ele mesmo. É um procedimento monologal que se utiliza no teatro, como modalidade de "personagem que interpela a si mesmo na segunda pessoa gramatical". No nível do sujeito enunciativo – ou da voz narrativa – podemos falar de um desdobramento, de uma cisão, de uma duplicidade: de um dialogismo. Dialogismo na medida em que a palavra "eu", ao interpelar o "você", cria-o e o insere no discurso.

Em segundo lugar, encontramo-nos, como já comentei, com uma dupla temporalidade. O relato começa no tempo passado – passado em relação ao momento da enunciação, como se o narrador estivesse falando de alguma coisa que já aconteceu: *"não conseguia verificar nada de concreto a esse respeito. Todos os rostos eram de recusa... a maioria das pessoas com que eu me encontrava vez por outra nos corredores pareciam..."*. Mas, de repente, há uma magnífica "armadilha textual discursiva" de Kafka: num determinado momento, ele começa a usar o presente. Mas um presente que não é propriamente temporal, um presente chamado *gnômico*, que faz alusão a conhecimentos ou realidades que existiram antes, que existem agora e que existirão depois. Quando ele diz: *"Mas, se não era nenhum tribunal, por que eu procurava aqui um defensor?"*, estamos ainda no tempo passado, mas quando diz: *"em todos os lugares é necessário..."*, não é que ele esteja mudando para o tempo presente – está fazendo uma afirmação que está fora do tempo.

O que acontece é que, depois de nos colocar neste presente atemporal, ele já não retorna ao passado narrativo, mas a um presente – agora sim – temporal: *"... mas os acusadores, em compensação, essas raposas astutas [...] deslizam velozes por entre as pernas dos defensores. Cuidado, portanto! Por isso estou aqui: coleciono defensores. Mas eu ainda não encontrei nenhum, só essas velhas que vão e vêm..."*. Continua sendo um tempo verbal presente, mas é o presente da situação do personagem. Ou seja, o relato aprontou uma "armadilha" através do discurso, ao passar do passado narrativo para o presente temporal e, depois, para o presente narrativo. Por conta disso, podemos dizer que também no nível da temporalidade existe uma dualidade – uma duplicidade. Passado e presente coexistem – ou, se preferirem, o tempo se bifurca em passado e presente. Trata-se de uma dualidade semelhante à do eu e do você, que vimos no nível do sujeito enunciativo ou do narrador.

Mas existe ainda outra dualidade – outra duplicidade – que é de certa forma correlata à do tempo: é a duplicidade do espaço. Em princípio, o espaço é *"ali"*: um lugar diferente do lugar a partir do qual se enuncia: *"... não conseguia verificar nada de concreto [...] todos os rostos eram de recusa: a maioria das pessoas com quem eu me encontrava [...] aqueles corredores tão estreitos..."*. Evidentemente, ele está nos referindo a "outro lugar". Mas de repente, justamente a partir da mudança da narração para o tempo presente, o *"ali"* se transforma em *"aqui"*. E o espaço remoto se transforma no próprio espaço da enunciação: o espaço a partir do qual o personagem está narrando ou verbalizando a situação atual. Ele diz: *"... em vez disso, estou vagando por estes corredores..."*. Já não está falando sobre "aqueles" ou "esses", mas diz *"estes corredores, onde só se podem ver velhas [...] Sinto-me tão confuso que nem sequer me lembro de jamais ter estado diante da casa, jamais ter subido as escadas..."*. Percebemos que agora o espaço invadiu o presente da enunciação, de maneira que, desse espaço remoto, caímos no espaço contíguo, imediato, da enunciação.

Pois bem: apesar da existência verificável dessas três duplicidades, dialogismos e cisões, elas não estão falando de duas realidades diferentes. Pelo contrário: o sujeito que fala – que é o "eu" – e o sujeito a quem ele fala – que é o "você" – são o mesmo que está procurando defensores. Ou seja, o sujeito que fala e do qual se fala é o mesmo.

O tempo, a temporalidade – o então e o agora – é o mesmo, porque se trata da mesma situação: alguém procurando defensores. Por último, a espacialidade também é a mesma, o *"ali"* e o *"aqui"* são um mesmo lugar: o retumbar é o mesmo, as velhas gordas são as mesmas, o sujeito que percorre esse espaço está no mesmo lugar. O que se produz, portanto, é uma organização perversa do mundo referencial. Aquilo que o relato evoca, ou o que chamamos de mundo referencial, está transformado por obra e graça do discurso em algo cindido – e no entanto unido –, em algo duplo – e no entanto único: uma espécie de relação especular. É como se, diante de uma realidade, tivéssemos colocado um espelho, e então ela é dupla mas é a mesma. Sem nos aprofundarmos em interpretações, o que desejo assinalar é que o efeito significativo dessa duplicidade está no discurso – está na maneira como Kafka nos interpela com seu relato.

Há outros componentes referenciais que completam a sensação de unidade: a incerteza, a insegurança e a confusão perceptivas do sujeito também são constantes do princípio até o fim, o que constitui um fator unificador. Os personagens ambientais – as velhas gordas – são mencionados no começo e no final do relato, e portanto estão nos dois tempos, nos dois espaços, diante dos dois sujeitos que, como sabemos, são o mesmo. E, por último, a situação – e o objetivo – do sujeito é a mesma: a busca por defensores.

Por tudo isso, o discurso cinde aquilo que, no âmbito referencial, está inextricavelmente unido. Seria como se a situação de enunciação, ou seja, o ponto a partir do qual o texto é produzido ou enunciado, estivesse na interseção de tais duplicidades: do ali e do aqui, do então e do agora, do eu e do você – numa espécie de respiro breve durante a busca permanente do sujeito.

Toda essa descrição do sentido da forma, do significado da forma, do conteúdo do discurso, remete-nos inevitavelmente à atmosfera onírica, ao mundo dos sonhos. A relação do mundo narrativo kafkiano com o onírico é bastante conhecida: Kafka sofria de insônia e escrevia em estado quase sonambúlico e, frequentemente, de uma forma obsessiva e patológica. Mas, além disso, em seus diários aparecem constantemente anotações sobre sonhos ao lado de começos de relatos. O curioso é que, na verdade, não há muita diferença entre uns e outros: o mundo narrativo de Kafka é idêntico a seu mundo onírico. Em geral é difícil, diante de alguns desses fragmentos, deduzir se estamos diante do começo de um conto ou diante do relato de um sonho.

Por outro lado, há nesses diários muitos contos inacabados, alguns bem extensos – catorze ou quinze páginas – que são extraordinários. Nos *Cadernos em Oitava* (1917), conservam-se muitos princípios de contos que, embora estejam interrompidos, têm uma consistência extraordinária. De fato, pode-se estabelecer a hipótese de que o inacabamento e a incompletude fazem parte da opção estética de Kafka. Talvez ele inaugure, involuntariamente, a noção de fragmentarismo, que vem a ser na modernidade uma dimensão estética tão importante. E ainda que sentisse isso – e expressasse isso – como um sintoma de sua impotência criativa, às vezes podemos vislumbrar que é – quase – uma impotência necessária: como se fosse impossível terminar, como se todo texto fosse, por natureza, interminável. Além do mais, os críticos costumam apontar que as aventuras dos personagens kafkianos são sempre aventuras intermináveis, como a construção d'*A Muralha da China*, que é, nesse sentido, um texto paradigmático de toda a obra kafkiana. Como se o artista estivesse condenado a não acabar nada, como se acabar fosse uma espécie de armadilha: sua literatura é, essencialmente, inconclusa. O inacabamento, a suspensão, o ato de deixar a ação sem que nada se resolva, tudo isso seria, portanto, uma propriedade do discurso narrativo kafkiano, que neste conto em particular, "Advogados", manifesta-se de maneira exacerbada: com a imagem desse *você* – que é um *eu* – que pode continuar subindo infinitamente, porque os degraus "*crescem debaixo dos pés*". Para mim, esta é a imagem perfeita do caráter interminável da escrita, do inacabamento essencial da escrita. E também, talvez, da impossibilidade de terminar, de acabar, de encerrar alguma coisa, na própria vida humana.

A ligação entre esta primeira aproximação da análise do discurso e o desenho de um projeto dramatúrgico surge a partir das duplicidades apontadas antes, que associei com o especular e com o eco: duas noções, dois conceitos, que remetem ao desdobramento do mesmo. O espelho à duplicação do mesmo, e o eco à repetição do mesmo. A partir desta ligação, ocorreu-me aplicar ao texto de "Advogados" um recurso que costumo utilizar no Laboratório de Dramaturgia de Ator. Tal exercício consiste em pedir a um ator/atriz que narre alguma coisa, se possível uma lembrança real, enquanto outro/outra, colocado atrás do narrador, fora do alcance de sua vista, repete palavras ou fragmentos de frases do relato do primeiro, escolhidas de forma livre e arbitrária. Produz-se então uma estranha inflexão do "efeito eco" sobre a intenção e inclusive sobre o material evocado pelo narrador, que perde em parte a "propriedade" do relato e é percebido pelos espectadores como um "sujeito cindido" ou desdobrado.

Voltando ao texto de "Advogados", e aplicando o procedimento do exercício, a primeira coisa que fiz foi reescrever o texto linha a linha, frase a frase, fazendo com que em cada linha houvesse só uma frase. Então, ao acaso, arbitrariamente, com um lápis vermelho, comecei a sublinhar uma ou várias palavras em cada linha, seguindo determinadas normas: que a posição do sintagma sublinhado não fosse nunca igual numa linha e na outra, que não pertencessem à mesma ordem gramatical e que não houvesse afinidade semântica entre eles... E isso foi feito para preservar certa arbitrariedade no "efeito eco" e não coubesse a mim decidir racionalmente quais eram as palavras significativas a serem sublinhadas. Cada sintagma repetido foi depois transcrito entre as linhas, como um enunciado autônomo. Ao ser reescrito instaurando-se a estrutura de eco, o relato ficava traduzido – ainda que precariamente – em termos dramatúrgicos, apenas fazendo-se uma nova organização do próprio material, que traduzia sua dimensão discursiva: a repetição como uma instância da duplicidade.

A partir desse ponto, assumi a responsabilidade de construir um dispositivo teatral suscetível de conter o texto original.

Embora a versão que proponho a seguir não tenha didascálias, se fosse levada à cena incluiria as seguintes indicações: dois atores – preferencialmente masculinos – o mais possível parecidos entre si, mas um deles extremamente envelhecido; o espectador teria que perceber que são o mesmo personagem em dois momentos diferentes de sua vida. Um espaço que evocasse da maneira mais exata possível um espaço referencial do relato: uma encruzilhada de corredores suavemente curvos, tetos ligeiramente abobadados e o início de escadas. No meio desse espaço, um espelho com imagem apagada. Uma iluminação imprecisa e oscilante, que criasse um âmbito de claro-escuro. Talvez pó ou alguma fumaça. De vez em quando, soa um retumbar, que às vezes parece muito distante e às vezes bem próximo. E há um grupo indeterminado de mulheres velhas e gordas que vão transitando permanentemente pelos corredores, entrando e saindo pelas portas, em ritmos diferentes, talvez carregando alguma coisa nas mãos. Os dois personagens similares – um JOVEM, o outro VELHO – começariam a dizer o texto de acordo com a seguinte distribuição:

ADVOGADOS, DE FRANZ KAFKA
Versão: José Sanchis Sinisterra

Jovem: Não havia nenhuma certeza de que eu tivesse advogados.
Velho: ... advogados...
Jovem: Não conseguia verificar nada de concreto a esse respeito.
Velho: ... nada de concreto...
Jovem: Todos os rostos eram de recusa.
Velho: ... os rostos...
Jovem: A maioria das pessoas com quem eu me encontrava vez por outra nos corredores pareciam velhas gordas.
Velho: ... vez por outra...
Jovem: Usavam grandes aventais azuis com listras brancas que cobriam todo seu corpo.
Velho: ... azuis...
Jovem: Esfregavam a barriga e se deslocavam pesadamente de um lado para o outro.
Velho: ... pesadamente...

Jovem: Nem mesmo pude verificar se estávamos num palácio de justiça.
Velho: ... verificar...
Jovem: Algumas coisas pareciam indicar isso e muitas outras negavam.
Velho: ... algumas coisas...
Jovem: Acima de todas as particularidades, o que mais me fazia lembrar um tribunal era um retumbar incessante que se ouvia ao longe.
Velho: ... ao longe...
Jovem: Não era possível dizer de onde vinha.
Velho: ... de onde...
Jovem: Enchia de tal maneira todos os ambientes que se poderia pensar que vinha de todos os cantos.
Velho: ... todos os ambientes...
Jovem: Ou, o que parecia mais exato, que o lugar onde alguém estava casualmente era o verdadeiro lugar daquele retumbar.
Velho: ... aquele retumbar...
Jovem: Mas certamente aquilo era um erro, porque o barulho vinha de longe.
Velho: ... um erro...
Jovem: Aqueles corredores tão estreitos, com abóbadas simples, de percurso suavemente curvo, com altas portas decoradas com simplicidade, até pareciam ter sido criados para um profundo silêncio.
Velho: ... corredores tão estreitos...
Jovem: Eram os corredores de um museu ou de uma biblioteca.

Velho: ... os corredores...

Jovem: Mas, se não era nenhum tribunal, por que eu procurava aqui um defensor?

(Silêncio)

Velho: Porque procurava em todos os lugares um defensor.

Jovem: ... um defensor...

Velho: Sim, num tribunal se precisa menos do que em qualquer outro lugar, porque um tribunal pronuncia seu veredicto de acordo com as leis, é o que se imagina.

Jovem: ... é o que se imagina...

Velho: Se alguém admitisse que aqui se age com injustiça ou leviandade, a vida seria impossível.

Jovem: ... a vida...

Velho: É preciso confiar que o tribunal deixe campo livre para a soberania da lei, porque esse é seu único dever.

Jovem: ... o tribunal...

Velho: Na própria lei se encontra tudo: acusação, defesa e sentença.

Jovem: ... se encontra tudo...

Velho: Se uma pessoa interviesse aqui de maneira independente, seria um sacrilégio.

Jovem: ... uma pessoa...

Velho: Outra coisa é o que acontece com o estado de uma sentença.

Jovem: ... uma sentença...

Velho: Esta se baseia em comprovações daqui e dali, de parentes e de estranhos, de amigos e de inimigos, na família e em público, na cidade e na aldeia – numa palavra, em todos os lugares.

Jovem: ... comprovações...

Velho: Aqui, é uma necessidade urgente ter defensores, uma grande quantidade de defensores, os melhores defensores, um ao lado do outro, uma muralha viva, porque os defensores são, por natureza, lentos.

Jovem: ... os melhores defensores...

Velho: Mas os acusadores, em compensação, essas raposas astutas, essas doninhas ágeis, essas ratazanas invisíveis, enfiam-se pelos menores buracos, deslizam velozes por entre as pernas dos defensores.

Jovem: ... os acusadores, em compensação...

Velho: Cuidado, portanto!

(Silêncio)

Jovem: Por isso estou aqui: coleciono defensores.

Velho: ... defensores...

Jovem: Mas eu ainda não encontrei nenhum, só essas velhas que vão e vêm, de vez em quando.

Velho: ... nenhum...

Jovem: Se eu não estivesse procurando, dormiria.

Velho: ... procurando...

Jovem: Não estou no lugar adequado.

Velho: ... não estou...

Jovem: Deveria estar num lugar onde se reunissem pessoas de todas as classes, de diferentes comarcas, de todas as profissões, de diferentes idades.

Velho: ... pessoas de todas as classes...

Jovem: Deveria ter a possibilidade de escolher cuidadosamente entre uma multidão os bons, os amáveis, os que têm um olhar voltado para mim.

Velho: ... um olhar...

Jovem: O mais apropriado para isso seria uma grande feira anual.

Velho: ... seria...

Jovem: Em vez disso, estou vagando por estes corredores onde só se podem ver velhas, que além do mais nem são muitas, e são sempre as mesmas.

Velho: ... vagando por estes corredores...

Jovem: E mesmo essas poucas, apesar de sua lentidão, não deixam que eu as pare, escapam-me, flutuam como nuvens de chuva, estão absortas em ocupações desconhecidas.

Velho: ... escapam-me, flutuam...

Jovem: Por isso entro correndo numa casa, às cegas, sem ler a plaquinha na porta, e me vejo imediatamente nos corredores.

Velho: ... e me vejo imediatamente nos corredores...

Jovem: Sinto-me tão confuso que nem sequer me lembro de jamais ter estado diante da casa, jamais ter subido as escadas.

Velho: ... nem sequer me lembro de jamais ter estado diante da casa...

Jovem: Mas não posso retroceder: essa perda de tempo, esse reconhecimento de um erro seria insuportável para mim.

(SILÊNCIO)

Velho: Como?! Descer correndo as escadas nessa vida breve e urgente, acompanhado por um retumbar incessante?

Jovem: ... nessa vida breve e urgente...

Velho: É impossível.

Jovem: ... é impossível...

Velho: O tempo que concederam a você é tão breve que, se você perder um segundo, já terá perdido toda a vida.

Jovem: ... é tão breve...

Velho: Porque sua vida não é mais longa: é apenas tão longa quanto o tempo que você perde.

Jovem: ... quanto o tempo...

Velho: Portanto, se você começou um caminho, siga-o a qualquer preço: você só tem a ganhar, não está correndo nenhum perigo.

Jovem: ... um caminho...

Velho: Talvez você despenque no final, mas se você tivesse voltado atrás nos primeiros passos e tivesse descido correndo as escadas, você teria despencado já no começo, e não "talvez", e sim com toda a certeza.

Jovem: ... voltado atrás... correndo... despencado... com toda a certeza...

Velho: Assim, portanto, se você não está encontrando nada nestes corredores, abra as portas.

(O JOVEM SAI)

Voz de Jovem: ... nestes corredores...

Velho: Se não encontrar nada atrás das portas, há outros andares.

Voz de Jovem: ... atrás das portas...

Velho: E, se não encontrar nada acima, não importa: lance-se outra vez escada acima.

Voz de Jovem: ... nada acima...

Velho: Enquanto você continuar subindo, os degraus não acabam nunca.

Voz de Jovem: ... nunca... nunca... nunca...

Velho: Crescem para cima, debaixo dos seus pés que estão subindo.

(Silêncio)

Velho: Crescem para cima, debaixo dos seus pés que estão subindo.

(Silêncio)

Velho: Crescem para cima, debaixo dos seus pés que estão subindo.

(Silêncio)

Propriedades de idoneidade dos relatos, com vistas à dramaturgia historial

Estamos vendo como essa modalidade de dramaturgia do discurso nos permite reconquistar, para o trabalho de adaptação, materiais narrativos que até agora tinham sido relegados, já que a dramaturgia dos relatos era feita fundamentalmente a partir daqueles que têm uma fábula consistente, com uma história "teatral" em si mesma. Sob esta ótica, não se poderiam abordar textos – como este de Kafka – em que praticamente não há uma história, mas nos quais, em compensação, o discurso é de uma complexidade e de uma riqueza extraordinárias.

A partir da diferenciação que os estruturalistas estabeleceram, no interior do texto narrativo, entre história e discurso, pode-se conceber, portanto, uma intervenção dramatúrgica de textos narrativos que coloque a ênfase tanto na história quanto no discurso. E já mostramos como, através de toda a história do teatro, a literatura dramática adaptou textos narrativos, orais ou escritos, mas sempre a partir da fábula. Hoje temos a possibilidade de aproveitarmos todas as contribuições da narratologia para desenvolver uma atividade dramatúrgica que leve em conta a peculiaridade discursiva dos textos – e isso nos permite abordar estruturas dramáticas diferentes daquelas que costumam ser proporcionadas pela dramatização das fábulas ou das histórias que os relatos contêm.

Não pretendo dizer – nem mesmo insinuar – que devamos considerar a dramaturgia historial como coisa pertencente ao teatro tradicional, e a dramaturgia discursiva como algo aberto à contemporaneidade e ao futuro. Também a partir da dramaturgia historial é possível abordar trabalhos de grande complexidade, desde que tenhamos consciência de que a história também tem leis internas, estruturas internas que não respondem somente à pura linearidade dos acontecimentos – isso na medida em que a história também é uma "forma". Donde se depreende que, mais do que nos limitarmos a ilustrar a fábula de um relato, deveríamos buscar encontrar uma forma dramática específica que dê conta da peculiaridade estrutural da "forma" da história, quer dizer, de sua função estrutural no relato.

No entanto, seria conveniente que levássemos em conta – na hora de abordar a dramaturgia de um texto narrativo – aquilo que eu chamo de propriedades de idoneidade desses relatos, para serem abordados a partir da dramaturgia historial. Diga-se, aliás, que toda modalidade de dramatização de textos narrativos é legítima: o que vou apontar em seguida são condições que podem aliviar a passagem de uma linguagem – narrativa – para outra – cênica –, porque apresentam uma relativa semelhança entre as características próprias das duas linguagens.

NARRAÇÃO EM TERCEIRA PESSOA

Uma primeira condição desejável seria que a narração no texto a ser abordado utilize a terceira pessoa – porque quando aparece uma primeira pessoa narrativa, a identidade do narrador gera certa prioridade do discurso sobre a fábula, de modo que, se a sacrificarmos na hora de dramatizar os acontecimentos da história, estaremos eliminando aspectos essenciais do relato. Não apenas no nível do discurso, mas também, provavelmente, no da história.

Mas, mesmo dentro do relato em terceira pessoa, existem diversas categorias e narradores: desde aqueles quase inaudíveis (vozes narrativas que agem como se os acontecimentos tivessem lugar diretamente diante dos olhos do leitor, sem maior presença do que a necessária para registrar o fluir da ficção), até os que são bem audíveis (que, de uma forma bem clara, tornam-se presentes na narração, constituem-se como mediadores entre os acontecimentos narrados e o leitor, como se alguém mais ou menos concreto, mais ou menos personalizado, desse conta não dos fatos em si, mas de sua percepção e valorização), passando por toda uma gama de gradações diferentes.

Consequentemente, quanto mais determinada, quanto mais exata é a figura do narrador – o que acontece redondamente quando da narração em terceira pessoa se passa para a narração em primeira –, fica mais difícil permanecermos no terreno da dramaturgia historial, porque essa presença intermediária do narrador (caso estejamos dispostos a ouvi-lo) torna-se um polo gerador de ambiguidades, intencionalidades e, em muitos casos, de incongruências. Um caso muito particular se produz com o que se denomina, em narratologia, figura do narrador *"não confiável"*, recurso brilhantemente utilizado pelo romance inglês do século XVIII, em muitos relatos e romances de Beckett, e que também pode ser o caso de *Crônica de uma Morte Anunciada*, de Gabriel García Márquez.

ESTABILIDADE ESPACIAL

Além da narração em terceira pessoa – e quanto mais inaudível melhor, para que os fatos apareçam no relato quase em condição de *imanência* –, é conveniente procurar textos cuja fábula possua o máximo de estabilidade espacial. As variações espaciais dos relatos apresentam graves problemas quando são levadas para o palco, já que não costumam levar em consideração a diferença de estabilidade entre o espaço cênico e o espaço ficcional da narração. De uma maneira específica, a sucessão de lugares – que podem ser designados facilmente pela palavra no relato – costuma representar uma grave dificuldade no palco, pela concretização material que a encenação demanda. Mas isso não significa que não se possa enfrentar o problema cênico de dramatizar, por exemplo, uma estrutura de viagem ou de busca, com modificações frequentes dos limites da ação. Para pesquisar tal possibilidade, bastaria levar em consideração o fato de que os deslocamentos – mudanças de espaço na narração – não exigem necessariamente uma transposição mecânica para o espaço dramático. Provavelmente, uma análise rigorosa da *topologia* do espaço ficcional nos permita transformar o espaço narrativo em espaço dramático, e este em espaço cênico.

CONTINUIDADE TEMPORAL

Outra condição desejável é a continuidade temporal. Evidentemente, os relatos em que o transcurso da história apresenta um maior grau de concentração admitem uma transposição menos complicada para o palco (com sua temporalidade "compacta") do que aqueles cuja narratividade se estende ao longo de momentos e situações disseminados numa cronologia ampla. Uma descontinuidade excessiva de episódios na história, quer dizer, nos acontecimentos que a fábula narra, obrigará o dramaturgo a uma reelaboração detalhada de tais acontecimentos para submetê-los – posteriormente – à necessidade de condensação e concentração temporal que a cena teatral exige.

CONCENTRAÇÃO DE PERSONAGENS SIGNIFICATIVOS

Se a estabilidade espacial e a continuidade temporal na história são circunstâncias que propiciam sua dramatização, o mesmo acontece com a relativa escassez de personagens significativos. Poucos personagens significativos permitem, obviamente, uma concentração dramática maior. Se esta não for uma condição específica do texto narrativo sobre o qual estamos trabalhando, será preciso estabelecer uma categorização dos personagens que permita, num determinado momento, sua condensação – seja por eliminação, seja pelo acúmulo de funções. Isso se dá no caso de romances – e *Crônica de uma Morte Anunciada* é um deles – em que aparece uma grande quantidade de personagens que cumprem uma função importante dentro da estrutura narrativa. Porém, se fossem levados diretamente ao teatro, correriam o risco de se transformarem em pesos mortos, em personagens episódicos que nascem para morrer na cena seguinte. Isso, definitivamente, dificulta a intensificação dos outros personagens, que poderiam ter maior relevância.

ABUNDÂNCIA DE DIÁLOGOS E MONÓLOGOS

Também se pode perceber como um fator de idoneidade a abundância de diálogos e monólogos. Ou seja, a maior ocorrência de situações que se resolvem – no próprio relato – através da interação verbal. Em caso contrário, se o relato emprega de maneira preponderante a narração de encontros conversados em estilo indireto, ou através de diálogos condensados, ou a descrição de episódios de interação sem consignar a voz e a palavra dos personagens que participam deles, o jeito será nos transformarmos, nós mesmos, em dialogistas, com o risco de uma possível deterioração do tecido estilístico do autor.

Um romance com abundância de diálogos, de alguma maneira, contribui mais para sua dramatização. Mas, dito isso, apresso-me em chamar a atenção para a diferença que existe entre o diálogo romanesco e o diálogo dramático. Muitos erros de dramatização de textos narrativos se baseiam em que determinados diálogos — que em determinado romance funcionam admiravelmente com uma riqueza, uma consistência e um conteúdo extraordinários — perdem toda a sua eficácia quando os transportamos mecanicamente para o teatro. E isso acontece porque são diálogos de conversação, e não diálogos dramáticos. Às vezes, desdobra-se neles a contraposição de duas atitudes perante o mundo, de duas posições éticas ou de duas biografias que, circunstancialmente, são unidas — mas sem que contenham uma interação propriamente dramática, quer dizer, sem que os locutores se modifiquem nem a ação avance. Por isso, frequentemente é preciso sacrificar alguns diálogos extraordinários — dentro de sua função narrativa — que atrapalham irremediavelmente o dinamismo do texto dramático. Uma alternativa, sempre possível, consiste em inventar um processo subtextual — de interação não verbal entre os personagens que estejam falando — capaz de transformar essas conversações literárias em palavra dramática. De maneira que os personagens se influenciem uns aos outros através da evolução do diálogo e que o jogo de forças da estrutura de relações acabe modificado em consequência dele.

A FIGURA DO NARRADOR EM CENA. A AÇÃO DRAMÁTICA

Algumas considerações finais sobre o âmbito da dramaturgia historial.

A primeira é: o que fazer com o material narrativo que não está colocado em palavra ou em ação dos personagens, mas pertence estritamente à voz narrativa, que em muitos casos é inaudível ou não personalizada? Há muitos romances e relatos em que a pura voz narrativa é veículo de segmentos importantíssimos da informação, de episódios imprescindíveis no desenvolvimento da trama. A tentação imediata, principalmente depois de Brecht e de seu teatro épico, é inventar um personagem narrador: um narrador exterior à ficção, independente dos personagens e de seu drama, que entra em cena para transportar os materiais do relato que o dramaturgo não quis sacrificar.

Gostaria de alertar sobre essa figura do narrador. Acho que um narrador cujo papel é ser simplesmente um "delegado do autor", para nos transmitir informações que não sejam suscetíveis de serem dramatizadas, transforma-se facilmente num peso morto. Pois, se ele está em cena e é encarnado por um ator, deveria ser um personagem e, portanto, submeter-se às mesmas leis que os outros personagens: teria que estar implicado, comprometido com a história que está contando, ter uma intenção para contá-la, ver-se atingido, modificado por ela, e isso é muito difícil de conseguir com esse discurso narrativo inaudível que existe em muitos romances.

Poderíamos então propor opções diferentes:

1. Tomar a liberdade de sacrificar tal voz narrativa e tratar de "disseminar" o essencial de seus conteúdos nas situações propriamente interativas do resto do relato, talvez preservando uma parte desse material através da palavra.
2. Traduzir tais conteúdos em termos de ação, sem palavras.
3. Traduzi-los em termos de projeções estáticas ou imóveis.
4. Introjetar o que for mais substancial destas partes a que tivemos de renunciar na consciência de algum dos personagens, que se expressará através de alguma modalidade de diálogo.

5. Ou então, como eu já tinha insinuado, inventar um personagem novo, comprometido com a ação, dotado de uma função dramática específica, e atribuir a ele aqueles solilóquios narrativos que possam contribuir para uma determinada "humanização" do personagem, de modo que seja propriamente um personagem, e não apenas uma testemunha alheia e neutra.

Para mim, o narrador ideal é o narrador comprometido, vinculado com a ação. Em muitos romances com relato em primeira pessoa ou numa terceira pessoa limitada, o narrador é também o protagonista, mas há outros em que é um dos personagens secundários. Pode ser interessante pegar esse personagem narrador, que talvez nem tenha um destino importante nos acontecimentos narrados, e transformá-lo numa visão lateral, oblíqua, humilde – mas nem por isso descomprometida. Ele pode inclusive cumprir uma função mediadora: está narrando a história, talvez, para conjurar em si mesmo o rastro deixado por aqueles acontecimentos dos brilhantes protagonistas. Ou então pode ser um personagem que pretende reivindicar alguma coisa – ou desvendar algo – que os protagonistas não chegaram a saber.

Outra consideração importante é que todos os critérios relativos à ação dramática, ao personagem, e aos fatores de complexidade, dinamismo, imprevisibilidade, progressividade, etc., que normalmente exigimos de uma obra de teatro, têm que ser postos a serviço da dramatização dos textos narrativos. Não podemos pensar que, só porque o romance ou o conto já tenham por si uma boa estrutura narrativa, sua estrutura dramática esteja garantida. É preciso recolocar, em termos dramáticos, os personagens, os diálogos, a progressividade e a própria noção de ação dramática, que não é equivalente à trama ou argumento, e que, como sabemos, é uma coisa difícil de definir e de apreender. Em última instância, quase o único princípio que se poderia aplicar à ação dramática seria: "*Alguma coisa deve crescer*". Não é preciso que aconteça muitas coisas, mas "*alguma coisa deve crescer*". Embora seja verdade que, no teatro de Beckett, pareceria que acontece o contrário: "*alguma coisa decresce, alguma coisa míngua, alguma coisa está para acabar*". Só que nesse decréscimo existe também compromisso e expectativa por parte do receptor: um crescimento de angústia, de inquietude ou de assombro, diante da progressiva redução das possibilidades combinatórias do sistema. Os textos de Beckett muitas vezes são isso: sistemas já bem reduzidos em relação a seus componentes e possibilidades de ação, que vão perdendo elementos, funções, âmbitos de existência. E justamente, à medida que os personagens podem fazer cada vez menos, e ser cada vez menos, cresce algo no espectador.

Dramaturgia mista

UMA TERCEIRA POSSIBILIDADE

Na interseção da dramaturgia do discurso e da dramaturgia da história, podemos considerar, finalmente, aquilo que eu chamo de *dramaturgia mista*. Estaríamos diante de uma terceira opção, que, utilizando como marco o nível do discurso, inseriria na ação dramática determinadas sequências da fábula. Com isso, produziríamos a soma das vantagens – e também, claro, das dificuldades – das duas modalidades de articulação do relato e da forma dramática que já esboçamos.

Trata-se, portanto, de uma opção dramatúrgica na qual o limite dramático esteja determinado pela extrapolação do nível do discurso – analisado, obviamente, a partir das leis de funcionamento do texto –, mas que, em seu interior, vá articulando uma sequência de ações e de situações proveniente dos acontecimentos da fábula. Justamente, em minha dramaturgia de *Moby Dick*, essa foi uma das ambições que não consegui resolver.

Na dramatização de *Moby Dick*, eu queria esclarecer quais eram as modalidades de discurso narrativo que Melville explora nesse romance caótico. E digo "caótico" no sentido mais positivo da palavra, pois poderíamos equiparar *Moby Dick* a *Ulisses* de Joyce, desde que se admita que não esteve motivado pelo mesmo princípio metodológico. Joyce se propôs questionar a linearidade narrativa através da exploração de diferentes possibilidades do discurso narrativo, e para isso enfrentou cada capítulo de seu romance a partir de uma modalidade diferente — vale dizer, provocando uma perversão particular do relato tradicional. O projeto de Melville — podemos imaginar — nunca foi assim tão sistemático, apesar de ficar evidente, através da análise, que seu romance apela também para múltiplas modalidades discursivas, e não apenas romanescas. Em meu estudo particular para o projeto que estou comentando, consegui isolar pelo menos doze modalidades diferentes. O que eu estava tentando era, por um lado, integrar, num texto dramático, essa pluralidade de discursos narrativos; e, por outro, a riqueza situacional evidente da fábula, das interações entre os personagens. Mas temo não ter conseguido fazer isso.

Novamente, nesta terceira tentativa de dramatização, devemos confiar nas ferramentas da análise. Quero propor um esquema analítico que traz a vantagem de ser muito operativo, principalmente para tomar consciência das tantas vezes mencionada diferença entre história e discurso — que, como já vimos, é uma ferramenta conceitual indispensável na metodologia empregada. Mas também é verdade que se trata de uma diferenciação em geral difícil de ser estabelecida, na medida em quem, em todo texto, a história e o discurso formam um todo inseparável e, consequentemente, a operação de dissociação é sempre artificial. Cabe lembrar, apesar disso, que toda análise é sempre um artifício, ou melhor, um artefato: um dispositivo conceitual que se fabrica para que se possam formular determinadas perguntas ao texto. Abordaremos, portanto, esta terceira opção começando pela operação artificial de dissociar a história e o discurso, o que nos permitirá analisar separadamente os componentes de uma e de outro, e aplicaremos o esquema ao relato de Alexander Kluge, "Um Experimento Amoroso".

UM EXPERIMENTO AMOROSO, DE ALEXANDER KLUGE

Em 1943, foi colocada em prática a esterilização por raios X, que era pelo visto o meio mais econômico de realizar esterilizações em massa nos campos de concentração. No entanto, havia dúvida sobre se o resultado obtido através desse procedimento seria duradouro, e, a fim de comprovar isso, resolveu-se efetuar um experimento. Com esse objetivo, foram escolhidos dois prisioneiros, um homem e uma mulher, que foram introduzidos na cela mais espaçosa de que o campo dispunha, e que foi enfeitada com tapetes, mas os observadores verificaram que os ocupantes da magnífica "cela nupcial" não levaram a efeito a conjunção carnal que eles tinham previsto. Será que eles sabiam, então, alguma coisa a respeito da esterilização de que tinham sido objeto sem saber?

Não era de se supor. Os dois prisioneiros estavam sentados em cantos diferentes do aposento assoalhado e atapetado.

Através do olho mágico que servia para a observação a partir do exterior, não se podia saber se tinham falado um com o outro a partir do momento em que foram trancados. Mas, ao que parece, não entabularam conversa.

Essa passividade era especialmente desagradável, porque eles haviam convidado altos dignitários para fazerem parte da observação de referência. Portanto, a fim de ativar o processo, o médico diretor do experimento ordenou que tirassem as roupas dos dois prisioneiros.

Será que estavam envergonhados diante de sua nudez?

Não se pode dizer que estivessem envergonhados. Permaneceram, essencialmente, mesmo sem suas roupas, nas respectivas posições, e pareciam dormir.

– Precisamos reanimá-los um pouco – disse o diretor do experimento.

Foram procurar discos. Através do olho mágico, puderam observar que os dois prisioneiros, a princípio, reagiram diante da música. Mas, pouco depois, caíram de novo em seu estado de apatia. Para os fins desejados, era importante que os prisioneiros realizassem a cópula que se esperava deles, pois só assim seria possível saber com segurança se a esterilização praticada discretamente era efetiva durante longo período nas pessoas tratadas.

A equipe de observação estava esperando nos corredores do castelo, alguns metros mais além da porta da cela, e seus membros mantinham-se num silêncio quase absoluto. Tinham ordem de se comunicar entre si por meio de sussurros. Apenas um observador acompanhava o curso dos acontecimentos no interior da cela, pois os cativos deviam estar convencidos de que não eram objeto da curiosidade alheia.

No entanto, não puderam verificar nenhum ato amoroso dentro do aposento. Os responsáveis chegaram a achar que deveriam ter escolhido um quarto menor, pois as pessoas objeto do experimento foram cuidadosamente selecionadas. De acordo com os relatórios, as duas deviam sentir um notável e recíproco interesse erótico.

E como era isso?

J. – Filha de um conselheiro do governo de Brandemburgo, nascida no ano de 1915, com cerca de 28 anos, bacharelado, estudos em História da Arte, casada com um homem ariano, na pequena cidade baixo-saxã de G., era publicamente considerada inseparável da pessoa de sexo masculino P., nascido em 1900, sem profissão especial. Por causa de P., J. abandonou seu marido. Acompanhou o amante até Praga e, mais tarde, até Paris. Em 1938, P. foi detido em território do Reich. Alguns dias depois, J. saiu à procura de P. e foi igualmente aprisionada em território do Reich. Na prisão, e mais tarde no campo de concentração, os dois tentaram se reunir várias vezes. Daí a nossa decepção: agora que, finalmente, podiam, não queriam.

As pessoas em questão não eram dóceis?

Fundamentalmente, eram obedientes. Ou melhor dizendo: dispostas.

Os prisioneiros estavam bem alimentados?

Muito antes do início do experimento, as pessoas selecionadas foram especialmente bem alimentadas. Agora já estavam havia dois dias no mesmo aposento, sem que se houvessem observado tentativas de aproximação. Demos-lhes para beber gelatina de clara de ovo – e os prisioneiros a tomaram avidamente. O chefe do grupo, Wilhelm, mandou que eles fossem molhados com mangueiras de rega e depois, gelados, foram conduzidos novamente à cela atapetada – mas nem a necessidade de calor os levou um ao outro.

Será que tinham medo da libertinagem a que estavam expostos? Será que estavam achando que aquilo era um teste em que deveriam demonstrar sua moralidade? A infelicidade do campo constituía um muro intransponível para eles? Será que eles desconfiavam que seus corpos seriam dissecados e examinados em caso de gravidez?

Que aquelas pessoas objeto do experimento soubessem disso ou apenas imaginassem, era improvável. Por parte da direção do campo, receberam promessas esperançosas para o caso de sobreviverem. Acho que eles não queriam. Para decepção do chefe superior do grupo, A. Zerbst – que tinha vindo só com tal objetivo –, e de seus acompanhantes, não se pôde chegar a nenhuma conclusão, pois todos os meios, inclusive os mais violentos, não surtiram nenhum efeito. Apertamos os corpos dos dois, um contra o outro; colocamos os dois juntos e sua pele foi submetida a um calor mais lento; fizemos-lhes fricções com álcool, beberam vinho tinto com ovo e licores; comeram carne; tomaram champanhe; corrigimos a iluminação, e no entanto nada produzia sobre eles o menor apelo sexual.

Será que se recorreu a tudo?

Posso garantir que tudo foi tentado. Tínhamos um chefe superior de grupo entre nós que entendia alguma coisa sobre o assunto. Ele pôs em prática todos os meios que em outras ocasiões tinham dado resultados positivos. Por outro lado, não poderíamos realizar o experimento em nossas próprias pessoas, pois teria sido a desonra da raça. Enfim: nenhum nos meios experimentados conduziu à excitação.

Por acaso nós chegamos a ficar excitados?

> Em todo caso, atingimos a excitação antes que os da cela. Pelo menos, é o que parecia. Mas, como não podíamos fazer nada, o mais provável é que o que sentimos não fosse excitação, mas nervosismo, já que a coisa não acontecia.
>
> *Gostaria de amá-la.*
> *Você vem comigo está noite?*
>
> Não houve jeito de fazer com que as pessoas em questão experimentassem uma reação positiva. Por isso, renunciamos ao experimento, embora mais tarde se tenha tentado realizá-lo com outras pessoas.
> O que aconteceu com os mencionados prisioneiros desobedientes?
> Foram fuzilados.
> Tudo isso quer dizer que, quando se chega a um determinado ponto da infelicidade, o amor já não é possível?

PRIMEIRA ANÁLISE:
ANÁLISE DO NÍVEL DA HISTÓRIA

No nível da história, poderíamos apontar uma série de elementos a serem identificados: os sujeitos, os acontecimentos, as circunstâncias espaciais e as circunstâncias temporais. No nível do discurso, teríamos também uma classificação de quatro instâncias a serem questionadas: o sujeito – ou sujeitos – da enunciação, o mecanismo discursivo, as circunstâncias espaciais e as circunstâncias temporais da enunciação.

SUJEITOS DA HISTÓRIA

Concentrando-nos na história, quer dizer, na cadeia de acontecimentos que sucedem a alguns personagens materializados no relato, num espaço e num tempo definidos, a primeira atividade analítica consiste em determinar quem são os sujeitos da história. A ordem de apresentação é arbitrária.

Em primeiro lugar, "dois prisioneiros", J. e P., o casal no qual o experimento é realizado, e sobre quem o relato nos fornece apenas alguns dados biográficos concisos e o pálido rastro de uma talvez apaixonada história de amor. Em segundo lugar, os observadores, "a equipe de observação", um grupo constituído por altos dignitários, um observador "que acompanhava o curso dos acontecimentos do interior da cela" e o grupo de experimentadores propriamente dito. Dentro desse grupo encontram-se designados: o médico diretor do experimento, o chefe de grupo, Wilhelm, e o chefe superior do grupo, A. Zerbst.

A síntese da identidade dos dois grupos apresentados expressaria a dualidade: vítimas/carrascos. O primeiro grupo – o casal – está designado no texto como eles: "os mencionados prisioneiros desobedientes", "as pessoas em questão", "as pessoas-objetos do experimento", e apresentado em oposição a nós, que inclui a voz narrativa: "não poderíamos realizar o experimento em nossas próprias pessoas, pois teria sido a desonra da raça". A partir da síntese de identidade, poderíamos estabelecer um modelo de oposição que deixe evidente os termos contrapostos com que se caracterizam os dois sujeitos coletivos que participam da história.

Acontecimentos

Vamos agora ao segundo âmbito configurador do nível da história: os acontecimentos. Podemos dividi-los em três momentos temporais: os antecedentes, a situação atual e os consequentes ou consequências. Existem relatos em que os antecedentes têm uma definição muito exata, enquanto outros não. Nesse caso, os antecedentes se resumem aos dados biográficos de J e P, nos primeiros sujeitos, e, de uma forma implícita, ao domínio crescente do Terceiro Reich sobre a Europa, no segundo sujeito. Se bem que este último não seja dito de uma maneira explícita no relato – pode ser deduzido do referente histórico.

A situação atual se desencadeia com os experimentos que visam à esterilização em massa com raios X, e inclui o próprio "*experimento amoroso*". Na medida em que o acontecimento nodal do texto é o experimento amoroso, as ocorrências da situação atual são aquelas que o experimento implica – e ainda que pudéssemos considerar que tudo é antecedente, até que eles são levados para a cela, há na realidade uma primeira ação, que é a esterilização discreta de alguns prisioneiros. Sem pararmos para pensar no que o narrador entende como "*discreta*", constatamos que esta é uma primeira ação altamente significativa, porque inicia a penetração na interioridade e na intimidade dos sujeitos, que é um tema essencial ao longo do relato.

Pode-se estabelecer, portanto, a seguinte ordem cronológica dos episódios:

- Esterilização "*discreta*" e em massa dos prisioneiros.
- Seleção dos dois sujeitos para o experimento.
- Boa alimentação prévia dos dois, durante dois dias.
- Ingresso na "*cela nupcial*", enfeitada com tapetes da direção.
- Desnudamento.
- Estimulação através da música.
- Bebida de gelatina com clara de ovo.
- Banho com água.
- Retorno à cela, "*gelados*".
- Etc., etc.

... E assim continua até o fracasso do experimento e a execução do casal, que constitui o terceiro momento da sequência cronológica: o das consequências. Devemos notar que na cadeia de acontecimentos há um especialmente significativo, em parte por ser a última referência ao desenvolvimento do experimento em si: a excitação produzida no grupo de experimentadores e de observadores:

"*Por acaso nós chegamos a ficar excitados?*"

"*Em todo caso, atingimos a excitação antes que os da cela.*"

O terceiro momento temporal dos acontecimentos, o das consequências, é constituído – como já foi dito – pelo fracasso do experimento, pelo posterior fuzilamento do casal e pelas tentativas de realizá-lo com outros sujeitos. Depois de se estabelecer a cadeia dos acontecimentos, é importante tentar definir alguma lei, algum princípio organizador dos episódios que a análise possa nos ter revelado. Isso seria uma certa extrapolação da análise, e já estaríamos entrando, de alguma maneira, no terreno da interpretação. Mas isso poderia nos ser útil, na medida em que ofereceria uma imagem global dos acontecimentos, suscetível de modalizar a montagem.

No caso particular de *"Um Experimento Amoroso"*, o bloco de acontecimentos gravita em termo da dualidade sucesso/fracasso, que é decantada, evidentemente, pelo lado do fracasso. Existe um paradoxo na ação destacada anteriormente – a excitação – na medida em que os observadores (que procuram por todos os meios produzir uma excitação nos amantes prisioneiros) não apenas não conseguem provocá-la como eles mesmos a sofrem. E haveria um segundo paradoxo, uma vez que, se alguém fracassa – a equipe de experimentadores –, alguém triunfa. E no nosso caso, apesar do fuzilamento, é o outro sujeito da história quem triunfa, aquele constituído pelo casal de prisioneiros.

Circunstâncias espaciais

Sobre o espaço, o texto estabelece referências de diferentes cidades da Europa, principalmente no momento dos antecedentes. Na situação atual, as referências se limitam a: Alemanha (em 1943), o campo de concentração, o castelo que faz as vezes de local de reclusão e, mais concretamente, a "*cela nupcial*". Existe, portanto, uma estrutura espacial de caixas chinesas, de círculos concêntricos. Poderíamos falar também de uma topologia constituída pela oposição interioridade/exterioridade. Teríamos um espaço exterior, Europa, onde ficam Paris e Praga, para onde os amantes fogem até serem alcançados, pois o espaço do Terceiro Reich se dilata e as duas cidades são absorvidas por ele. Em seu interior, o castelo, que funciona como campo de concentração, e dentro dele os arredores da cela nupcial, onde estão os experimentadores e os observadores. Por último, a cela nupcial, centro topológico e temático do relato.

Porque não só a topologia do espaço tem a ver com a oposição apontada: o tema da história também propõe a mesma oposição exterior/interior, já que seu núcleo comporta a pretensão dos experimentadores de forçar – através de fatores externos – a manifestação de alguma coisa que se enraíza na intimidade dos sujeitos. Para penetrar em sua máxima subjetividade – o desejo e a realização do ato sexual dos amantes – estes são trancafiados e coagidos. Mas essa interioridade máxima é transgredida pela observação supostamente científica: com isso, o limite entre o interior e o exterior foi violado. Da mesma forma, o limite entre a Alemanha e o resto da Europa foi transgredido num movimento expansivo.

Poderíamos falar de um duplo movimento expansivo e contrativo do Terceiro Reich: expansivo na dilatação de seus limites geográficos e contrativo no desejo de penetrar, já não apenas no corpo dos sujeitos da história – a esterilização com raios X – mas em sua própria libido. A estrutura de caixas chinesas se expressa, portanto, inclusive no território do corpo: penetração, invasão física pela esterilização; manipulação da interioridade e da subjetividade através da estimulação e ativação do desejo sexual. A estrutura temática do texto tem a ver com tal oposição fundamental entre o exterior e o interior, a objetividade "científica" e a subjetividade afetiva, o público e o privado. Tal interpretação coloca um problema interessante para a dramaturgia e a encenação do relato.

Porque semelhante indagação sobre a espacialidade da história está dirigida à busca da dramaticidade do espaço da história, se é que podemos falar assim. De fato, os espaços possuem dramaticidade, geram um significado dramático. É o que se depreende do Modelo Espacial do neoformalista russo Iúri Lotman, cujo fundamento emana de uma evidência: nós, seres humanos, organizamos nossa visão do mundo, nossa valoração cética, nossas relações humanas e nossos sentimentos, etc., em termos espaciais. Essa espacialização da experiência e do pensamento foi integrada à linguagem até a um ponto em que já não temos consciência disso. Quando dizemos: "É um sujeito bem aberto", estamos utilizando uma metáfora automática, mas que corresponde a um Modelo Espacial subjacente. De acordo com tal Modelo, que tem estrutura binária, nós conceituamos uma série de comportamentos que, em princípio, nada têm a ver com o espaço – como ser comunicativo, expressivo, etc. – em termos de uma relação espacial: o aberto em contraposição ao fechado. Esse pensamento espacial também utiliza a metáfora do próximo e do distante, do alto e do baixo, da direita e da esquerda, etc. Segundo Lotman, em todo Modelo Espacial, o mais relevante é a noção de limite: o limite entre os dois subespaços, em que aparece a ocasião do movimento do texto. Quer dizer, um texto tem movimento na medida em que tal limite se encontra, de certo modo, ameaçado pela possibilidade de que determinados elementos de um subespaço afetem o outro – ou de que um elemento seja transportado para o outro. O limite, portanto, é o lugar de tensão entre os dois subespaços. O lugar da possível transgressão da estabilidade imutável do Modelo.

Os textos de teatro são, de alguma maneira, diagnósticos de um estado de perigo, de um estado de desequilíbrio, de um estado de ameaça de destruição de um Modelo. Nas obras de Tchékhov, encontramos, por exemplo, um Modelo Espacial muito claro – para não dizer simples: desde certa perspectiva, aparece na obra do autor russo o Modelo de um mundo fechado, estável, familiar, que se vê invadido pela presença de visitantes chegados de longe, do aberto, estranho, instável. Tais visitantes podem ser, inclusive, antigos membros do espaço familiar que se afastaram e que retornam justamente para provocar a transgressão do limite que mantém a estabilidade do Modelo *próximo/distante* (ou *fechado/aberto*). O caso de *Tio Vânia* é paradigmático do funcionamento desse Modelo: aquela granja afastada do mundo que é o refúgio de Vânia e da pequena comunidade estável em que vive, além do mais, entregue à causa do professor aposentado – que é o que dá sentido a seu trabalho, a sua monotonia e sua mediocridade – o qual, justamente, habita na alteridade, nos lugares de prestígio, nos lugares onde se movem o saber e a história... E quando ele vai com sua jovem esposa passar uma temporada nessa ordem fechada, tal ordem começa a experimentar uma série de turbulências, até que finalmente o corpo estranho se vai e tudo retorna à normalidade, enquanto os personagens lambem as feridas provocadas pela turbulência.

CIRCUNSTÂNCIAS TEMPORAIS

Quanto às circunstâncias temporais, a rede de informações que o relato fornece não é muito complexa. A cronologia está claramente restrita aos últimos dias do experimento. Do ponto de vista referencial, como já dissemos, a situação se localiza na Alemanha de 1943, os antecedentes da história narrada remontam ao ano de 1900, com o nascimento de P. A ordem cronológica dos acontecimentos teria que se basear nas seguintes informações:

1900: Nascimento de P.
1915: Nascimento de J.
1938: Prisão de P. e, dias depois, prisão de J.
1943: Início do experimento, com a colocação em prática da esterilização.

Em seguida, viria a cronologia detalhada dos dois dias finais do experimento. Esta consideração temporal poderia ser completada, eventualmente, por uma descrição do avanço do Terceiro Reich no mesmo período.

SEGUNDA ANÁLISE:
ANÁLISE DO NÍVEL DO DISCURSO

Dispensando momentaneamente a história, passemos agora a analisar o nível do discurso – quer dizer, a organização que o autor efetua dos acontecimentos, inclusive a voz do narrador. No discurso, também podemos estabelecer a análise em torno de quatro níveis, equivalentes aos da fábula: sujeito (ou sujeitos) da enunciação, mecanismo discursivo e circunstâncias espaciais e temporais da enunciação.

Sujeito(s) da enunciação e mecanismo discursivo

A indagação sobre o sujeito da enunciação está orientada pelas perguntas:

- Quem narra?
- É possível estabelecer a figura de um narrador?
- Através de que modalidade discursiva ele narra?
- Ela é assertiva ou interrogativa?
- Quem profere o discurso?

São perguntas intimamente relacionadas com as que se referem ao mecanismo discursivo – quer dizer, o procedimento que permite fazer o discurso avançar.

A primeira constatação que "Um Experimento Amoroso" nos oferece é que não estamos assistindo a uma simples narração, mas a uma espécie de diálogo. De fato, existem duas vozes narrativas: uma que sabe, que informa e narra, e outra que não sabe e faz perguntas. Estabelece-se um dialogismo entre pergunta e resposta. Só que, quando formos falar sobre o mecanismo discursivo – o fator que faz o discurso avançar –, veremos que esta dualidade de vozes é realmente uma anomalia do texto. Na verdade, estamos diante de um texto anômalo por diversos motivos.

Uma das primeiras anomalias perceptíveis é que, no início do texto, não podemos identificar nenhum sujeito da enunciação. Quem fala é uma voz impessoal: *"Em 1943, foi colocada em prática a esterilização..."*, *"resolveu-se efetuar um experimento..."*, *"foram escolhidos dois prisioneiros..."*. Não há nenhum sujeito que emita essa voz. Mas mais adiante se produz uma fratura nessa voz discursiva: *"Será que eles sabiam, então, alguma coisa a respeito da esterilização de que tinham sido objeto sem saber?"*. Aparece uma voz que pergunta coisas a respeito dos dados que estão sendo fornecidos de maneira impessoal. Existe, portanto, alguém que pergunta alguma coisa a alguém que responde. O sujeito da enunciação se cindiu em dois: o que pergunta e o que responde. Alguém pergunta, logo não é a mesma voz que está contando. O seguinte enunciado, *"Não era de se supor"*, é uma resposta: a voz que narra levou em conta a pergunta – quer dizer, não é uma pergunta retórica que o narrador formula a si mesmo.

Ao longo do relato, o mecanismo do processo discursivo chama a atenção: da impessoalidade objetiva com que começa, passa a uma subjetividade personalizada no fim do relato. No início, desdobra-se uma série de recursos sintáticos nos quais o sujeito da enunciação desaparece numa aparente objetividade. Toda a cadeia de enunciados informativos – o que constitui a "impessoalidade objetiva" – arremeda o idioleto típico dos relatórios científicos. Mas, de repente, nesse discurso objetivo, pseudocientífico, a subjetividade começa a se infiltrar. Quando lemos: *"Esta passividade era especialmente desagradável..."*, detectamos um pequeno matiz de impressão subjetiva, uma dissonância em relação à tonalidade objetiva, científica, impessoal, com que o discurso vinha se configurando. Um pouco mais adiante, aparece uma nova ameaça à objetividade: *"Fundamentalmente, eram obedientes. Ou melhor dizendo: dispostas."* Trata-se de uma retificação – portanto, a informação também se contradiz e se modula. A subjetividade se manifesta novamente em *"Demos-lhes para beber gelatina..."*, porque aqui irrompe o sujeito do relatório, que é também o sujeito do experimento (os prisioneiros não são sujeitos, são o objeto). Depois, em *"acho que eles não queriam"*, há uma intervenção abusiva do investigador na subjetividade dos prisioneiros.

Produz-se em seguida uma precipitação em massa da subjetividade: *"Apertamos os corpos... corrigimos a iluminação..."*, *"Posso garantir que tudo..."* – o sujeito, nesta última frase, erige-se em sustentáculo da verdade, da objetividade, mas justamente quando afirma isso ele a invalida: *"Posso garantir..."* Com o quê? E como? E, finalmente, há uma frase que atenta totalmente contra a objetividade: *"Não poderíamos realizar o experimento em nossas próprias pessoas, pois teria sido a desonra da raça"*. Aqui se concentra uma dose elevada de subjetividade: a irrupção estridente da contaminação ideológica que comanda o discurso. O discurso pseudocientífico se confessa ideológico, pois procede da mesma fonte: essa voz enunciativa, que finge se desdobrar em alguém que pergunta, que pede informação, e a voz impessoal, objetiva, neutra, que a fornece.

Mas aqui estamos diante da maior anomalia do texto: a voz que vai se envolvendo no próprio experimento até que se produz uma integração subjetivizadora dos dois sujeitos: o sujeito que pergunta e o sujeito que responde. Em *"Por acaso nós chegamos a ficar excitados?"*, observamos uma espécie de ruptura lógica: a homologação das duas vozes. Mas isso é o interessante da liberdade do discurso narrativo: o que estávamos percebendo como uma dualidade de repente se funde numa instância que é, ao mesmo tempo, aquele que não sabe e pergunta e aquele que sabe e responde. Já que somente o que sabe porque esteve ali – e pôde se excitar – pode perguntar: *"chegamos a ficar excitados?"*. E a degradação final do discurso pseudocientífico ocorre com a seguinte frase, que mais parece uma piada: *"já que a coisa não acontecia"*. A confissão de impotência do discurso científico constitui, simultaneamente, o reconhecimento do fracasso da situação narrada. Ou seja, o experimento fracassa na história, ao mesmo tempo que fracassa também o discurso científico que pretendia narrá-lo.

Agora podemos nos perguntar pelo mecanismo discursivo, que já está relativamente definido: é o esquema dialógico pergunta--resposta, que dá lugar a uma modalidade narrativa bastante insólita, configurando uma espécie de relatório-narração, mas dinamizado pelo interrogatório. O que faz o discurso avançar é essa modalidade discursiva do interrogatório – quer dizer, essa série de perguntas para reconstruir um fato, na qual cada pergunta relança ao relato.

No texto, há também um conjunto de anomalias que tornam mais flexível o mecanismo de avançar por interrogação dialógica:

1. Não se começa com uma pergunta, mas com uma resposta, já que o relatório parte como uma narração: "*Em 1943, foi colocada em prática...*". Podemos dizer que existe, talvez, uma pergunta prévia, não formulada no texto.
2. Depois há uma sequência de perguntas sem respostas: "*Será que tinham medo da libertinagem a que estavam expostos? Será que estavam achando que aquilo era um teste em que deveriam demonstrar sua moralidade? A infelicidade do campo constituía um muro intransponível para eles? Será que eles desconfiavam que seus corpos seriam dissecados e examinados em caso de gravidez?*". Essa catarata demente de perguntas que não esperam resposta implica um certo movimento dramático no compassado diálogo pergunta-resposta.
3. O que chamamos de subjetivização integradora: "*Por acaso nós chegamos a ficar excitados?*" – sem dúvida a maior anomalia na lógica do mecanismo pergunta-resposta.
4. Finalmente, a maior e mais bela anomalia do texto, que não havíamos mencionado até agora: essas duas linhas

incompletas em tipografia diferente que irrompem sem nenhum indício sobre a fonte de sua enunciação:
"Gostaria de amá-la.
Você vem comigo esta noite?"*.*

Sobre este ponto, todas as hipóteses são possíveis. Estamos diante de uma inserção lírica que irrompe no texto sem nenhuma indicação de quem a enuncia. Parece que algum sujeito intratextual a profere, mas o autor, deliberadamente, omite qualquer indício que possa sugerir sua identidade. Para mim, tem toda a potência de um "gesto *collage*", como o realizado por Picasso quando incorporava seu maço de cigarros sobre a tela que estava pintando, utilizando materiais estranhos à pintura. Por que esses versos são incluídos? Não existe uma resposta única, mas qualquer dramatização que realizemos desse relato dependerá em grande parte da resposta a esta pergunta.

Uma última observação antes de finalizar com a análise das circunstâncias temporais e espaciais do discurso. Não acho que a investigação tenha que desvendar todos os enigmas de um texto. Pelo contrário: acho muito positivo que o relato analisado continue conservando zonas irredutíveis e enigmáticas, não acessíveis à razão. É uma consequência da poeticidade de certos discursos narrativos. Mas considero possível e desejável, no trabalho que nos ocupa, tentar pelo menos captar o funcionamento do texto. No exemplo que estamos comentando, considero de extrema utilidade detectar as particularidades, as anomalias apontadas antes. Que forma dramática dar a essas anomalias, isso dependerá de cada criador. O importante é ter definido a especificidade do relato. No caso da inserção lírica de "Um Experimento Amoroso", não consigo encontrar uma explicação do ponto de vista lógico.

A única coisa que posso perceber é que esses versos, com sua simplicidade, desmontam todo o complicado dispositivo que o sistema repressivo e assassino nazista fabricou para produzir artificialmente um encontro – para não dizer um experimento – amoroso. E eles fazem isso através da formulação mais simples, direta e nítida do desejo sexual: "*Gostaria de amá-la, / você vem comigo esta noite?*". Com a expressão elementar e ao mesmo tempo poética da demanda amorosa, desmorona o complicado mecanismo do texto – tanto da história quanto do discurso.

CIRCUNSTÂNCIAS ESPACIAIS E TEMPORAIS DO DISCURSO

A análise das circunstâncias espaciotemporais do discurso se orienta para identificar as coordenadas da enunciação do relato. Responde a perguntas como:

- De onde o discurso é proferido?
- De que momento do tempo?
- De que localização espaciotemporal se realiza a enunciação que produz o texto?

Ela nos dá um fator referencial: o da ascensão e queda do Terceiro Reich, que nos permite, como elemento de análise extratextual, estabelecer algumas coordenadas históricas e geográficas nas quais se inscrevem a história e o discurso de "Um Experimento Amoroso". No trabalho de dramatização, será importante determinar se a enunciação do texto – não a história, mas o momento em que seu relato é realizado – tem lugar durante o domínio nazista, ou no dia seguinte, por exemplo, da queda de Berlim, ou uma semana depois, ou muitos anos mais tarde. Qualquer das decisões por que optemos terá consequências significativas na elaboração dramatúrgica. Portanto – e esta é a função da análise –, é conveniente indagar com que precisão ou indeterminação o próprio texto estabelece o âmbito espaciotemporal do discurso.

Do ponto de vista estritamente textual, o âmbito espaciotemporal do discurso é indeterminado. Quer dizer, o texto não traz informação exata para identificar o momento nem o "lugar" da enunciação. Mas, apelando ao referente da história europeia e mundial, temos duas possibilidades: que o discurso aconteça antes de 1945 – quer dizer, ainda durante o Terceiro Reich – ou depois da derrota. É evidente que não estamos falando do momento da escrita do texto, nem pensando em Alexander Kluge, o Autor Real. O que devemos estabelecer é quando o que narra está narrando – é do Narrador que estamos falando. Porque, se quisermos dramatizar esse texto, temos que propor uma situação enunciativa num espaço e num tempo determinados – ou então num âmbito indeterminado, mas escolhido como opção poética e não por ausência de análise.

Como já dissemos, o tempo oferece muito poucos indícios sobre o momento da enunciação do discurso: a única coisa concreta é que se situa depois de 1943, de acordo com o início do relato: "*Em 1943 foi colocada em prática...*". Mas este "depois" de 1943 abre duas circunstâncias radicalmente diferentes: antes e depois da derrota do nazismo. Se nossa dramatização aspirar a integrar o nível discursivo, a situação dos sujeitos que rememoram a história – indubitavelmente responsáveis pelo experimento e, portanto, membros do aparato genocida do Terceiro Reich – seria muito diferente conforme se produzisse sob o poder de Hitler ou depois da guerra. Na primeira opção, a possibilidade de repetir o experimento, embora relativizada pelo aparecimento da dúvida que parece flutuar na última pergunta sem resposta ("*Tudo isso quer dizer que, quando se* chega a um determinado ponto da infelicidade, o amor já não é possível?"), gravitaria como uma sinistra expectativa no desenvolvimento dramatúrgico da ação. A segunda opção, por sua vez, nos levaria a atribuir os enunciados a dois ou mais ex-nazistas vencidos – mas, pelo visto, não "arrependidos" –, que reconstroem um dos episódios da "solução final", algum tempo depois da vitória dos Aliados. As circunstâncias históricas do pós-guerra europeu permitem imaginar vários contextos para a situação dramática: uma prisão do grupo vencedor, um país latino-americano – onde transcorre seu exílio dourado –, um próspero lar ou uma respeitável empresa da Alemanha reconstruída, na qual nossos personagens se integraram sem maiores problemas, talvez travestidos de democratas...

Visto que "Um Experimento Amoroso" foi invocado aqui como um exemplo de dramaturgia mista – possibilidade, é bom lembrar, de integrar aspectos da história e do discurso no texto teatral resultante –, um interessante problema se coloca para nós, afetando a noção de "representabilidade". Estou me referindo à concretização cênica do núcleo mais significativo e dramático do relato: o experimento em si e, em particular, a série aberrante de meios de estímulos com que os pesquisadores pretendem despertar o desejo sexual nos prisioneiros. A "fisicalidade" de tais tentativas, que pareceria apelar para o conceito artaudiano de Teatro da Crueldade, induzem em primeira instância a que os representemos diretamente, talvez demarcados por alguma das mencionadas situações rememorativas. Mas uma análise mais detida de cada um deles – assim como a articulação dramatúrgica da totalidade – nos faria, provavelmente, desconfiar de sua viabilidade cênica. A contundência literária de sua enumeração simples e concisa ficaria sem dúvida enfraquecida em sua prolixa execução teatral, para não falar da excessiva dilatação temporal que muitas delas iriam requerer.

Em compensação, a conduta voyeurista dos nazistas em torno da "*cela nupcial*" (!), invisível para o espectador, poderia instaurar uma interessante dramaticidade ao ser articulada com a evocação verbal das tentativas infrutíferas. Com isso, além do mais, transformaríamos em substância teatral o Modelo Espacial revelado pela análise: a oposição entre o exterior e o interior, o público e o privado, o objetivo da extorsão e o subjetivo do desejo amoroso.

Epílogo: Parâmetros da dramaturgia de textos narrativos

Para terminar, tentemos fazer uma recapitulação sistemática das diferentes opções que a intervenção dramatúrgica sobre textos narrativos nos permite levar em consideração. A maioria delas já apareceu nesta exposição, algumas apenas mencionadas, outras desenvolvidas mais extensamente – inclusive apoiadas em exemplos de análises e/ou propostas de teatralização. Sua enumeração e classificação, embora esquemática, talvez sirva para visualizar a vasta gama de possibilidades que esta transposição genérica oferece à reflexão e à prática da dramaturgia contemporânea.

HISTÓRIA/DISCURSO

Na relação com a substância narrativa que a intervenção dramatúrgica focaliza como prioritária, a distinção estruturalista entre história e discurso nos oferece três opções básicas:
1. **Dramaturgia historial**. Centrada fundamentalmente na adaptação dos componentes da fábula – a trama ou argumento, os personagens e as situações em que interagem, os diálogos, etc. – a uma estrutura suscetível de contê-los.
2. **Dramaturgia discursiva**. Sem pretender dramatizar a história, extrai da especificidade do discurso narrativo – ponto de vista, sistema temporal e espacial, voz ou vozes

enunciativas, etc. – os parâmetros de uma teatralidade em geral anômala.
3. **Dramaturgia mista.** Incorpora sequências e/ou componentes da fábula num limite dramatúrgico deduzido da análise do discurso do texto narrativo.

CONTEXTO, OU LIMITE DRAMATÚRGICO

1. **Intrínseco ao texto.** Quando as circunstâncias da enunciação do texto narrativo são suficientemente claras e concretas – quem narra, a quem, onde, quando, por quê... – e as transpomos diretamente para o âmbito cênico. O limite dramatúrgico assim constituído pode estar, no relato original, explícito ou implícito.
    A. **Explícito.** No último capítulo de *Ulisses*, de Joyce, a própria palavra do personagem designa o contexto de sua situação. No transcurso de seu monólogo interior, Molly Bloom diz que está em sua casa, em seu quarto, em sua cama, que seu marido está dormindo ao lado dela com os pés na almofada, etc. As circunstâncias da enunciação do texto estão, portanto, expressas de maneira explícita. Para realizar a dramaturgia de *A Noite de Molly Bloom*, minha intervenção consistiu em reconstruir cenicamente essas circunstâncias que o próprio texto enuncia.
    B. **Implícito.** Na grande maioria dos textos narrativos, o limite discursivo não está claramente estabelecido: seja na terceira ou na primeira pessoa, o Narrador se "limita" a proferir seu relato. Faz-se necessário, então, encontrar um contexto dramático que se aproxime das circunstâncias de enunciação, não explicitadas no discurso.

Em *Primeiro Amor*, de Beckett, a análise do mecanismo discursivo revela a existência de um "eu" que fala: de si mesmo, de seus costumes, de sua história com uma mulher que ele conheceu num parque, etc. Em vários momentos, principalmente ali pelo princípio, o Narrador fala de sua afeição por cemitério e de como gosta de frequentá-los. Numa primeira tentativa de dramatização desse texto, considerei a possibilidade de criar um limite enunciativo intrínseco, embora não explícito: já que o personagem diz que costuma ir com frequência aos cemitérios, por que não colocar o personagem num cemitério, aonde as pessoas vão para ouvir seu relato? Depois descartei essa opção, mas o cemitério teria sido nela um contexto implícito.

2. **Extrínseco**. Como acabamos de dizer, são bem poucos os textos narrativos em que a palavra do Narrador surge de um contexto determinado. Por exemplo, em *Crônica de uma Morte Anunciada*, não se diz praticamente nada sobre o contexto enunciativo. A primeira pessoa gramatical instaura um sujeito narrativo — identificável com o Autor Real —, mas não especifica a quem fala, nem a partir de que âmbito espaciotemporal, nem com que propósito. Portanto, se quiséssemos dramatizar esse romance, levando em conta o nível do discurso, teríamos que optar por postular um contexto enunciativo extrínseco, um âmbito dramatúrgico estranho ao texto. Dentro desta modalidade, também se podem estabelecer duas opções:

A. Que o limite dramatúrgico seja completamente alheio, independente, ao que o texto (não) nos desenha, inventando portanto um contexto que permita abarcar o máximo de componentes significativos do original, sem distorcer sua especificidade.

B. Que o limite seja análogo ao do relato, que estabeleça, com a natureza discursiva do original, alguma relação de semelhança. Vejamos um exemplo. "Informe sobre os Cegos" é uma parte do romance *Sobre Heróis e Tumbas*, de Ernesto Sábato. Nele, o mencionado "Informe" aparece como um documento testemunhal – e quase poderíamos dizer testamental – do personagem Fernando Vidal, que tem a certeza de que os cegos vão matá-lo para impedir que tal relatório chegue às mãos do mundo. Em minha dramaturgia, o que fiz foi determinar um contexto enunciativo ou discursivo análogo ao do texto: uma conferência em que Fernando Vidal comunica ao mundo suas conclusões sobre a seita sagrada dos cegos. Existe, sem dúvida, uma analogia entre a natureza do discurso – um relatório escrito – e a natureza da circunstância dramática: uma conferência pública.

RECEPTOR DO DISCURSO

Uma terceira opção estaria definida pela consideração da existência e consequente figuração dramática do receptor ou destinatário do discurso – ou então por sua omissão. As alternativas possíveis são:

1. **Receptor omitido**. Se omitirmos de nossa dramatização o receptor do discurso, a natureza narrativa do texto original ficará anulada, e estaremos situados numa dramaturgia de "quarta parede": a ficção se desenvolve na relação de

uns personagens com outros, com a exclusão do público, cuja presença como destinatário é o índice maior da epicidade. Uma modalidade ambígua – e mal explorada – é quando se mantém o discurso narrativo, mas em "circuito fechado": alguns personagens contam para si – e talvez dramatizem – a história, instituindo-se ao mesmo tempo como narradores e destinatários do relato. Essa foi a matriz dramatúrgica do primeiro espetáculo do Teatro Fronteiriço: *A Lenda do Gilgamesh*.

2. **Receptor incluído**. Ao abolir a "quarta parede", o personagem narrador se dirige ao público, que passa a ser o receptor do relato. Outros personagens podem aparecer, talvez interajam com o narrador, concretizando-se cenas eminentemente dramáticas, mas o narrador tem como destinatário de seu discurso o público, instância sem identidade concreta, mas com uma função bem específica: assistir à rememoração da história.

3. **Receptor ficcionalizado**. Outra possibilidade de incluir o público como receptor do discurso se apresenta quando atribuímos a ele uma identidade ficcional que determina a própria ocorrência do dispositivo dramatúrgico. Em "Informe para uma Academia", de Kafka, por exemplo, o próprio relato enuncia a identidade de seu destinatário: "*Ilustre senhores Acadêmicos...*". E, de fato, todas as versões teatrais que foram feitas desse texto partem dessa ficcionalização do público. Para este ou aquele relato, podemos partir do pressuposto de que o público é uma espécie de tribunal, uma instância judicial mais ou menos vaga diante da qual o personagem narrador deve dar conta de um episódio de sua vida.

FIDELIDADE EM RELAÇÃO AO RELATO ORIGINAL

O critério de fidelidade ao texto e ao autor originais sempre é relativo. Por conta disso, mais do que falar sobre alternativas ou opções, deveríamos falar de uma gradação, que vai desde a fidelidade máxima à palavra própria do discurso narrativo até uma reestruturação completa do modo expositivo e uma reescrita do material verbal. Podemos estabelecer níveis dentro dessa gradação, desde que não nos esqueçamos de que os limites entre eles são, com frequência, difíceis de estabelecer.

1. **Máxima fidelidade.** É o caso do trabalho realizado com "Advogados", de Kafka. A proposta dramatúrgica respeita totalmente os enunciados do relato original. O que se fez foi dividir o sujeito enunciativo em JOVEM e VELHO, relacioná-los através de uma dupla narração de uma só pessoa, num diálogo – estranho, evidentemente, mas diálogo quanto à forma – cujo material verbal não foi alterado em nada. Um procedimento semelhante é seguido em *A Noite de Molly Bloom*. Em compensação, em *O Grande Teatro Natural de Oklahoma*, embora a quase totalidade das falas dos personagens provenha diretamente de Kafka, foi preciso inventar algumas frases para estabelecer ligações entre as diferentes sequências ou para vincular as intervenções de alguns personagens. E, claro, inventar uma pseudotrama, porque a matéria verbal de minha dramaturgia está atribuída a cinco personagens, entre os quais existe uma interação concreta que se desenvolve num espaço e num tempo determinados.

2. **Modificação e reelaboração.** Uma segunda operação, que nos afastaria um pouco do conceito de fidelidade rigorosa, consiste em intervir diretamente no texto para modificá-lo

ou reelaborá-lo. De acordo com a operação exata e com a matéria à qual ela se aplica, poderíamos apontar várias alternativas, que não são excludentes, mas que, pelo contrário, podem coincidir num determinado exercício.

A. **Modificações gramaticais**. Um primeiro grupo desse tipo de intervenção se baseia na alteração do discurso narrativo. Fragmentos enunciados originalmente na terceira pessoa podem ser transformados em réplicas — monólogos ou diálogos — de um ou vários personagens. Uma sequência do texto narrativo — monólogo ou relato na primeira pessoa — que corresponde a um único personagem admite ser distribuído entre vários sujeitos. Já observamos como o texto kafkiano é suscetível a esse tipo de intervenção — se é que não a estimula — pela recorrência de dialogismos em seu tecido textual. Também podemos, obviamente, mudar a ordem de emissão dos enunciados do discurso. Um segundo nível de intervenção estaria representado por alterações de aspecto, modo e tempo verbais dos enunciados narrativos: do passado para o presente, ou vice-versa; do indicativo para o subjuntivo, etc. Já mencionamos a modificação parcial do sujeito enunciativo, quando se passa da terceira para a primeira ou segunda pessoa, para dialogizar uma sequência narrativa. Também podemos reescrever em forma interrogativa enunciados que estão em forma afirmativa no original. E um longo *et cetera*.

B. Em todas essas opções, estamos ainda muito próximos do material discursivo do autor: estamos efetuando **alterações gramaticais,** mas respeitando ao máximo a substância do discurso original. Um grau a mais, e nos dispomos a efetuar *modificações estilísticas*. Podemos nos defrontar com textos narrativos cujo discurso, diretamente transportado para a oralidade do ator, soaria retórico demais, conceitual demais, talvez simplesmente por causa de sua sintaxe. Ou então, um excesso de metáforas, de imagens ou de outras figuras poéticas, que no texto narrativo funciona muito bem, posto na boca dos personagens lhes daria um caráter artificioso. Ocorre com frequência que os diálogos do relato são tipicamente conversacionais, sem verdadeira interação, muito afastados da dramaticidade do diálogo teatral. Em tais casos, é quase imprescindível um trabalho de reescrita por parte do dramaturgo. Trata-se, claro, de uma tarefa muito delicada, porque corremos o risco de destruir o mais característico de um autor: seu estilo. Mas às vezes é preciso correr tal risco.

C. **Modificações da ordem de exposição.** A reestruturação da ordem de exposição de informações e de acontecimentos também é uma modificação importante, mas delicada, porque justamente uma das especificidades do discurso narrativo é a sequência em que apresenta os fatos. É óbvio que, se resolvemos alterar essa ordem, devemos ter uma sólida justificação dramatúrgica.

D. **Enxerto textual.** Haveria uma última possibilidade de intervenção e de transgressão da fidelidade, que é o que eu chamo de inserção ou enxerto textual. O dramaturgo que trabalha em um texto narrativo pode decidir que, para desenvolver uma situação dada, deve injetar material novo no relato original. Material que pode proceder de outros textos do mesmo autor, ou do próprio

dramaturgo, e, nesse caso, a própria noção de autoria ficaria relativizada – tanto se a escrita "enxertada" imita o original quanto se afirma sua própria especificidade.
3. Dentro deste âmbito temático relativo a uma maior ou menor fidelidade ao autor original, também é o caso de se *considerar o caráter total ou parcial da dramatização* que se está realizando. É lícito, naturalmente, propor-se a dramatização da totalidade de um romance, por exemplo. Mas não convém excluir a possibilidade de intervir sobre fragmentos ou partes de obras de grande extensão, que talvez favoreçam um trabalho mais complexo, sutil e profundo. Para uma dramaturgia parcial, é importante que o trabalho de seleção não dependa exclusivamente da intuição, mas que esta se submeta – ou pelo menos recorra – às deduções mais ou menos rigorosas da análise. Na inevitável mutilação e redução do texto original que toda dramaturgia parcial implica, convém tomar todo tipo de precaução. É verdade que, de alguma maneira, também aqui é correto dizer que "a parte contém o todo". E que, com frequência, o futuro espectador de nossa dramaturgia conhece o texto original. Quando se trata de um autor universal, deve-se contar com isso. Mas, mesmo nesses casos, a parte que dramatizarmos – o fragmento – deve ter autoconsistência. Não podemos contar apenas com espectadores que tenham como referência a totalidade do romance. Evidentemente, a operação receptiva daqueles que o leram será mais complexa – mas aqueles que o desconhecem devem poder encontrar na proposta dramatúrgica os materiais necessários para ingressar num mundo possível, autossuficiente, e para se posicionar diante dele.

Haveria uma última opção que poderia ser incluída neste esquema de possibilidades de intervenção textual, mas que se encontra fora das minhas colocações. Estou me referindo à operação que consiste em apropriar-se de um personagem, de um fragmento, de uma circunstância ou de um episódio de determinado romance ou relato e escrever uma obra totalmente original. Obviamente, trata-se de uma atividade legítima. Mas, de acordo com tudo o que foi exposto aqui, tal opção ultrapassa os limites que propusemos para a dramaturgia de textos narrativos.

Villa de Leyva, 14 a 24 de agosto de 1996.

Dramaturgias de textos narrativos realizadas pelo autor

"El Gran Teatro de Oklahoma", de Franz Kafka. In: *Revista Primer Acto* nº 222. Madrid, janeiro-fevereiro de 1988.

"La noche de Molly Bloom", de *Ulisses*, de James Joyce

"Bartleby, el escribiente", de Herman Melville

"Carta de la Maga a bebé Rocamadour", de *Rayuela*, de Julio Cortazar. In: "Tres dramaturgias". Madrid: Editorial Fundamentos, 1996.

"Primer amor", de Samuel Beckett

"Informe sobre ciegos", de *Sobre Héroes y Tumbas*, de Ernesto Sábato. In: *Revista Gestus*, Separata dramatúrgica. Bogotá, junho de 1997.

"Um viejo manuscrito", de Franz Kafka

"Lejana. Diario de Alina Reyes", de Julio Cortázar

"El hacedor", de Jorge Luis Borges. In: "Vacio y otras poquedades". *La Avispa*, Madrid, 28/01/2003.

INÉDITAS

"Un hombre, un día", de *La Decisión*, de Ricardo Domenech

"La leyenda de Gilgamesh"

"Historias de tiempos revueltos", a partir de dos textos de Bertold Brecht

"Moby Dick", de Herman Melville
"Despojos", de Óscar Collazos
"La culpa es de los tlaxcaltecas", de Elena Garro
"Odisea", de Homero (em colaboração com Juan Mayorga, Borja Ortiz de Gondra e Yolanda Pallín)
"Memorial del convento", de José Saramago

Você também poderá interessar-se por:

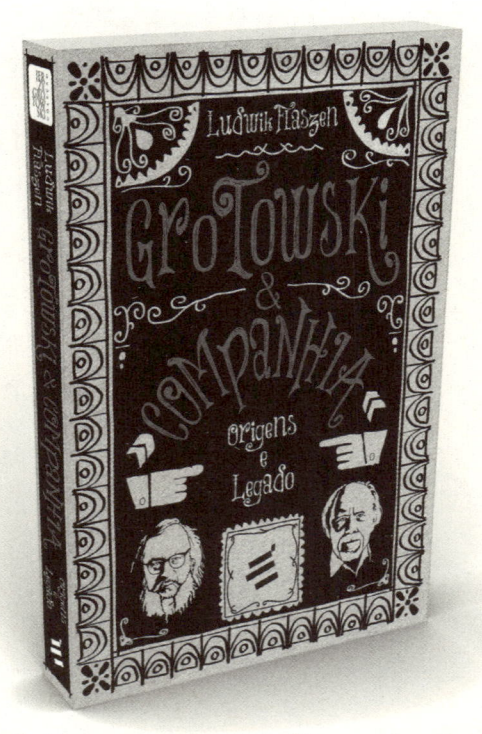

Ludwik Flaszen, um dos mais fiéis e mais próximos colaboradores de Jerzy Grotowski, reúne uma série de textos que contam toda a trajetória do Teatro Laboratório – sua gênese, seu desenvolvimento, seu ápice, sua dissolução e seu legado. Mas faz muito mais do que isso: à medida que lemos esta obra, vislumbramos um pouco do que significava fazer parte desta companhia teatral singular. Aqui são apresentados os ideais artísticos, filosóficos e espirituais que nortearam as atividades de Grotowski e do Teatro Laboratório; suas performances; os exercícios de preparação do ator; as entrevistas concedidas por Flaszen; os programas das peças montadas e muito mais.

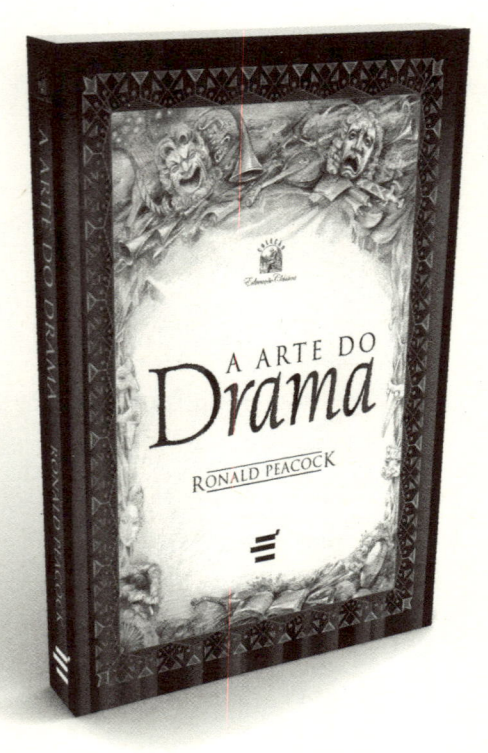

Este livro aborda um dos problemas mais desafiadores da crítica: definir, de modo satisfatório, a natureza do drama como forma de arte, porque ele pertence tanto à literatura quanto ao teatro. Pretende elaborar uma teoria que explique a variedade do drama, os principais tipos de peças, a relação entre interpretação, ação e diálogo, o uso alternado de verso e de prosa e a criação do estilo e do efeito poético.

facebook.com/erealizacoeseditora
twitter.com/erealizacoes
instagram.com/erealizacoes
youtube.com/editorae
issuu.com/editora_e
erealizacoes.com.br
atendimento@erealizacoes.com.br